Paul Katsitis

Mykonos Crime 5

Inzest - aimomixía

AF188693

Paul Katsitis

Mykonos Crime 5
Inzest - aimomixía

Bisher erschienen:
Band 1 „Die Bestie von Mykonos"
Band 2 „Rache"
Band 3 „Tattoo"
Band 4„Der Drei-Sterne-Mord"

Impressum
Titelbild: Shutterstock
Copyright Paul Katsitis 2019
ISBN 9783749429233
Herstellung und Verlag: BoD -
books-on-Demand, Norderstedt

Jeder Band behandelt einen abgeschlossenen Fall, sodass die Bände nicht in der Reihenfolge gelesen werden müssen.

Alle Bücher der Serie wurden in Griechenland gesetzt.

Da griechische Setzer keine deutschen Fehler erkennen können, finden sich in dem Buch sicher mehr Fehler als in einem normalen Buch. Aber so bleiben wenigstens ein paar Euro in Griechenland.

Alexandros Nikakis (früher Galis), 35, war leitender Kommissar auf Mykonos.

Angelos Nikakis, 29, war Hauptkommissar in Thessaloniki.
Nach ihrem Kennenlernen beschlossen beide, den Dienst zu quittieren und auf Mykonos eine Bar zu eröffnen. Zugleich sind sie als Privatdetektive tätig.

για 𝒜

PROLOG

Heute ist nun der große Tag.

Er, Nikos, würde heiraten.

Dabei war er gerade 22 Jahre alt und fühlte sich alles andere als bereit.

Seine Zukünftige, Maria, war hübsch und nett, aber Liebe war definitiv nicht im Spiel. Konnte es auch gar nicht sein.

Mit Grauen dachte Nikos an die Hochzeitsnacht. Er würde entweder Migräne als Grund anführen oder er könnte sich hemmungslos betrinken. Aber dann würde sich die Frage am nächsten Tag stellen.

Bisher konnte er sich Maria vom Hals halten. Er sei religiös und könne nicht vor der Ehe.

Dabei hatte er es schon mindestens hundert Mal getan – und es war immer noch so schön wie am ersten Tag.

Wenn er daran dachte, wurde ihm warm ums Herz.

Aber es hatte keine Zukunft.

Nicht nur, weil sein Vater ihn erwischt hatte.

Und das war der eigentliche Grund für diese Hochzeit.

Vater wollte ihn auf den rechten Pfad führen.
Und damit Sünde und Schande tilgen.
Aber Gefühle waren nichts, für was man sich
schämen musste. Das hatte Nikos mit
zunehmendem Alter begriffen.
Wo immer die Liebe hinfällt, soll sie auch
gedeihen dürfen. Und die anderen sollten
sich um ihre eigenen verkümmerten Gefühle
kümmern.
Er stand auf dem Balkon und resignierte.
Die Welt war nicht so.
Ich habe keine Wahl.
Ich sehe keinen Ausweg.
Unsere Liebe hat keine Zukunft.
Gefangen in seinen trüben Gedanken
merkte er nicht, dass sich von hinten eine
Gestalt näherte.

Dann schrie er es hinaus:
„Ich liebe Stefanos und er liebt mich!"
Dann fiel Nikos in die Tiefe.
Die Gestalt blickte nach unten.
Endlich.
Jetzt würde dieser Schatten verschwinden,
der seit Jahren auf dieser Familie lastet.
Aufhören würde das Gerede der Leute.
Die Hochzeit würde ausfallen müssen, aber
das wäre schnell vergessen.

Die Schande aber wäre geblieben.

1

Gabriella lag auf dem Sofa und starrte in den Fernseher. Das Gerät war ihr einziger Freund. Seit zehn Jahren. An die Zeit vorher kann sie sich nicht erinnern. Sicher, sie hatte Eltern, aber die waren gestorben, hatte ihr der Mann gesagt.

Er werde ab sofort für sie sorgen und sie vor allem bösen bewahren. Er schilderte ihr mit blumigen Worten, was kleinen Mädchen „draußen" droht. Und so war Gabriella ein folgsames Kind, das den Mann nach kurzer Zeit mit „Papa" anreden musste. Mittlerweile war es ein Ritual.

Ihr ging es gut, dachte sie. Nicht erstaunlich, denn etwas anderes als die vier Wände hatte sie seit Jahren nicht gesehen. Einmal hatte sie es gewagt, die Türe zu öffnen und sich davor hinzusetzen. Sie war nicht weggelaufen. Doch „Papa" wurde furchtbar wütend. Seitdem hatte sie eine Kette am Fuß – als Strafe. Die Kette reduzierte ihren Radius. Sie reichte nicht bis zur Toilette. Seitdem musste sie ihr Geschäft in einen Topf verrichten. Aber sie war ein böses Mädchen, musste bestraft werden, aber „Papa" würde ihr irgendwann die Strafe erlassen. Wenn nur die Schmerzen nicht wären. Die Fesseln scheuerten an ihrem rechten Unterschenkel und die Wunde wässerte und eiterte. Seit ein paar Wochen behandelte „Papa" die Stelle mit Salben, aber es würde erst weggehen, wenn die Strafe vorbei war.

Dann würde wieder alles gutwerden.

Alle drei, vier Tage schaute „Papa" vorbei. Dann spielten sie, sahen fern oder gingen ein paar Schritte um das Haus. Weiter hätte sie auch nicht gehen wollen. Zu groß war die Angst vor der bösen Welt.

Sie bemerkte an sich Veränderungen. Ihre erste Regel und die größer werdenden Brüste verunsicherten sie. „Papa" sagte, sie müsse sich darüber keine Gedanken machen. Es wäre bald vorbei.

Diesen Satz zu verstehen – dazu war Gabriella nicht in der Lage. Hätte sie ihn verstanden, sie hätte alles getan, um zu fliehen.

Doch Argwohn war ihr fremd. Sie kannte keine Enttäuschungen. Sie kannte „Papa" und der war immer gut zu ihr. Außer sie war böse.

Heute war wieder Besuchstag, so hatte „Papa" das letzte Mal gesagt und sie freute sich auf das gemeinsame Fernsehen und die Spiele.

Und tatsächlich hörte sie kurz nach Mittag ein Auto, das in den Hof einbog. „Papa" war da. Gabriella freute sich wie ein kleines Kind.

Sie hatte sich über die Jahre an die Einsamkeit gewöhnt – als etwas vollkommen Normales.

„Papa" hob sie hoch und wirbelte sie herum.

„Hast du Geschenke für mich mitgebracht?"

„Nein, Kleine. Ich hatte zu viel zu tun. Aber ich habe eine gute Nachricht für dich. Wir machen die Fesseln weg und du bekommst eine Spritze, damit die Wunde in ein paar Tagen abheilt."

Gabriella tanzte durch den Raum – so gut es eben ging mit einer Fußfessel. Es war ein Feiertag.

Daher war es ein süßer Schmerz, als „Papa die Fessel löste. Sie stand auf und genoss die ersten Schritte.

„Komm, leg dich wieder hin!"

Sie folgte und machte den Arm frei. Es tat weh, als die Nadel in die Vene glitt. Aber es war zu ihrem besten. Die Schmerzen am Bein würden verschwinden und niemals mehr würde sie böse sein.

Ihr wurde schwummrig, dann kam eine bleierne Müdigkeit.

Zwanzig Minuten später, als „Papa" wieder hereinkam, war Gabriella tot.

Die Überdosis Insulin hatte sie getötet. Noch immer das beste Mittel, weil sauber und relativ leicht zu beschaffen. Welcher Apotheker rückt kein Insulin heraus, wenn er eine Geschichte über ein Kind hört, das dringend seine Spritze braucht. Am Effektivsten war, eine hysterische Mutter in die Apotheke zu schicken.

2

Es war Zeit geworden. Sie hatte ihr Haltbarkeitsdatum überschritten. Spätestens, als ihre Regel einsetzte, wusste der Mann, dass er sie loswerden müsste. Das Kind würde sich in eine junge Frau verwandeln und genau das wollte er nicht.

Er wollte ein liebes, kleines Mädchen. Etwas, das ihm verweigert worden war.

Der schrottreife Peugeot machte ihm zu schaffen, denn der Kofferraum war klein. Eine ausgewachsene Leiche hätte definitiv nicht hineingepasst. Gabriella passte gerade so hinein.

„Papa" schwitzte. Er war doch nicht mehr zwanzig.

Er würde Ersatz beschaffen müssen. Aber das stand nicht heute auf dem Programm. Erst musste er „seine Tochter" loswerden. Er haderte mit dem Schicksal, denn er hatte das Mädchen geliebt wie ein Vater. Ein paar Tränen vergoss er, als er sich erinnerte, wie sie mit sechs oder sieben Jahren war. Einfach nur lieb und süß.

Zuhause – das war für ihn Horror pur.

Er fuhr die Umgehungsstraße hinunter zum neuen Hafen.

Im hinteren Bereich lag der Schrotthandel von Nikos – und die Wagenpresse.

Nikos kam heraus und der Mann gab ihm die Schlüssel. Und Geld. 5.000 Euro.

Bei dem Betrag hätte die Königin von England im Kofferraum liegen können – Nikos hätte sie gepresst.

„Aber denk daran, die Würfel müssen hinterher vertauscht werden. Und du musst kontrollieren, ob irgendetwas zu sehen ist!"

„Geht klar!"

Dem Mann widersprach man besser nicht, denn: er war reich, skrupellos und gewalttätig, Das wusste die ganze Insel.

Also machte Nikos lieber Geschäfte mit dem Mann. Er hatte auch nie nachgesehen, was denn im Auto liegt. Der Mann hatte ihm klargemacht, dass er sonst selbst in der Presse landen würde – aber ohne Auto.

Zehn Minuten später hatte sich der Peugeot in einen Würfel verwandelt, der sich hervorragend als Beistelltisch eignen würde.

Er schaute mit der Taschenlampe nach, ob noch irgendetwas Verräterisches zu sehen war, aber da war nichts.

Ein 5.000-Euro-Tag. Nur das zählte.

3

Es war ein herrlicher Morgen in Ornos. Alex konnte vom Bett aus die ersten Kite-Surfer sehen, die die gesamte Innenbucht ihr Eigen nennen. Ich würde mir das Genick brechen, dachte Alex jedes Mal.

Wie jeden Morgen lag seine Gatte Angelos mit dem Kopf auf seiner Brust.

Schöner kann kein Tag beginnen.

Weniger schön ist, wenn in diese Stille das Brummen des Handys zu hören ist.

Verflixt – nein! Ich gehe nicht ran.

Angelos wachte auf.

„Ich geh hinunter, mein alter Mann!"

Dabei war Alex mit 35 gerade einmal sechs Jahre älter als Angelos.

Von unten hörte er Satzfetzen:

Ja, der bin ich.

Äh, ja wir sind zuhause.

Um zwölf? Ja.

Bis dann.

„Wer war das um diese Uhrzeit?"

„Niemand Besonderes. Nur deine Ex-Frau!"

Alex erstarrte.

„Waaaaaas? Und du lädst sie hierher ein?"

„Nein. Sie hat gesagt, sie kommt!"

So war sie schon immer. Respektlos, aufdringlich und … Frau eben.

„Ich muss dringend einkaufen", sagte Alex.

„Einen Teufel wirst du", lautete Angelos´ Antwort.

Und so schnell kann sich ein wunderschöner Morgen in einen Tag des Grauens verwandeln. Seit der Scheidung hatten sie sich nicht gesehen. Zum Glück. Was um Himmels willen will sie hier? Klar: Neugier. Kein Gefühl ist bei Frauen stärker als die Neugier. Hunger und Durst kommen viel weiter hinten.

Alex vergrub sich unter der Decke.

„Jetzt stell´ dich nicht so. Ich jedenfalls will sie kennenlernen", sagte Angelos. „Bei einer drohenden Schlägerei gehe ich schon dazwischen!"

Als um zwölf die Klingel läutete, öffnete Angelos die Tür.

„Halloooo!", flötete Eleni. „Sie müssen Angelos sein!"

Ein Stockwerk höher fröstelte Alex.

„Wo ist denn mein Miesepeter?", rief Eleni.

Von oben hörte man:

„Angelos, ist Godzilla schon da?"

Na, das wird ja heiter, dachte Angelos.

Aber alle drei schafften es an den Küchentisch ohne Handgreiflichkeiten.

„Junger Mann, jetzt verraten Sie mir bitte,
warum Sie sich ausgerechnet meinen Ex
gegriffen haben. Sie könnten doch Hundert
andere haben."

Ich drehe ihr den Hals um.

„Weil er der liebenswürdigste und charak-
terstärkste Mensch ist, den ich je
kennengelernt habe. Und weil er für mich
über Leichen geht. Und außerdem ist er gut
im Bett", antwortete Angelos.

Wow. Alex war vollkommen platt. Soviel
Komplimente in drei Sätzen.

„Na ja. Letzteres kann ich nicht beurteilen.
Seinen Sex holte er sich lieber auswärts",
meinte Eleni lapidar.

„Mir blieb auch nichts anderes übrig", knurrte
Alex.

„Ach ja? Kannst du dich an die Geschichte
bei den Leonidas erinnern?"

Oh nein. Bitte nicht diese Geschichte.

„Wissen Sie" – Eleni sah Angelos an -, „es gab
eine Party. Auf einem riesigen Anwesen.
Gegen Mitternacht war ich müde und wollte
nach Hause. Aber mein Mann war nirgends
zu sehen. Ich suchte und suchte. Wo steckte
er nur? Nun, er steckte in der Küche. Besser

gesagt: er steckte in einem Kellner. Und der war höchstens 17!"

„Das stimmt doch gar nicht. Er war mindestens 18", entgegnete Alex.

„Und unser Alex war 30", ergänzte Eleni süffisant.

Angelos sah Alex an.

„Soso, aber als ich mit Dimitri Kaffeetrinken war, hieß es, ich sei ein Kinderschänder. Dabei lief da gar nichts – und er war 19!", sagte Angelos.

„Herrgott, ich war zwei Monate ohne Sex. Mit Godzilla wollte ich nicht mehr schlafen, also blieb mir … Herrgott, merkst du nicht, was sie hier versucht?"

„Illch?" Sie war die vollkommene Unschuld.

„Und seit wann stehst du auf Lifting?", fragte Alex, um das Thema zu wechseln.

„Seit ich älter werde. Blöde Frage! Ein bisschen Fettabsaugen am Hintern und ein wenig fülligere Lippen. Das war alles!", sagte Eleni.

„So? Aber hättest du wirklich den ganzen Hintern in die Lippen spritzen müssen?", fragte Alex.

Angelos konnte noch gerade so dazwischengehen.

„Das war nicht nett, Alex!", sagte Angelos, kringelte sich aber innerlich vor Lachen.

Bitte lass jetzt das Telefon klingeln. Bitte.

Und es brummte.

Es gibt einen Gott.

Angelos ging ran.

„Sorry, Eleni. Wir müssen uns auf den Weg machen. Eine Leiche bei einer Hochzeit", sagte Angelos.

Alex war in Lichtgeschwindigkeit im Auto. Als Eleni in ihrem Wagen fortfuhr, atmete er tief durch.

„Weißt du jetzt, warum ich mich habe scheiden lassen? Himmel, ich lade deinen Ex ja …" Mist. Fettnapf. Angelos Ex hatte ihn mit ein paar Freunden brutal vergewaltigt.

Angelos schaute starr geradeaus.

„Oh Gott, ich habe nicht nachgedacht. Es tut mir leid. Zählt es, dass ich einen davon erschossen habe?"

Alex setzte den Hundeblick auf.

„Schau mich nicht so an. Da werde ich immer weich. Natürlich zählt das. Sogar sehr viel. Aber über den Kellner unterhalten wir uns noch", sagte Angelos lächelnd.

„Weißt du, für mich hat mein Leben mit dem 3. April begonnen. Alles vorher ist gestrichen."

Angelos lächelte.
Sie hatten sich am 3. April kennengelernt.

4

Die Szenerie war skurril. Der Hof des riesigen
Areals war üppig geschmückt. Vom
Gebäude hingen Fahnen herunter. In der
Mitte des Hofes stand ein schmiedeeiserner
Brunnen. Und auf der Spitze steckte eine
Leiche, in zwei Meter Höhe.
Die Spitze war durch den Körper gedrungen.
„Oh mein Gott. Wie kriegen wir den da
runter?", fragte Alex.
„Zunächst einmal würde ich sagen: arme
Sau, du Rüpel. Aber wer schon 17-jährige
Kellner …", antwortete Angelos.
„Er war 18, zum Kuckuck! Zurück zum Thema:
wie holen wir die ‚arme Sau' da runter?"
„Mit einer Hebebühne, du Super-Kommissar!"
Vor der Türe stand ein Mann, der voll-
kommen ungerührt schien. Der Butler?
Nein, es war der Vater des jungen Mannes.

„Wer sind Sie?"

„Wir sind die Polizei", sagte Angelos, was so natürlich nicht stimmte. Sie waren zwei Ex-Kommissare, die als Privatdetektive arbeiteten und vom Bürgermeister beauftragt wurden, alle Schwerverbrechen zu untersuchen. Die Kommissarstelle hatte man gestrichen, um Geld zu sparen. Das Honorar für die beiden Herren Nikakis war deutlich günstiger, als einen Kommissar ganzjährig zu beschäftigen.

„Hier braucht es keine Polizei. Das war ein Selbstmord", antwortete der Mann.

„Sind SIE Polizist, weil Sie das so genau wissen? Wer sind SIE überhaupt", fragte Alex.

„Mein Name ist Leonidas. Sie sollten mich eigentlich kennen. Ich bin sehr einflussreich und sage Ihnen: das war Selbstmord. Es ist mein Sohn Nikos."

Leonidas verzog keine Miene.

„Besonders traurig scheinen Se mir nicht zu sein", sagte Alex.

„Das verbitte ich mir. Jeder trauert auf seine Weise. Aber er war ein Nichtsnutz. Und der ganze Ärger. Vor der versammelten Hochzeitsgemeinde. Was für Blamage!"

„Moment, er stürzt sich in die Tiefe am Tag seiner Hochzeit. Ist die Braut so hässlich?", rutschte es Alex heraus.

„Sie vergreifen sich im Ton. Sie ist eine gute Partie und durchaus ansehnlich!", knurrte Leonidas.

Also doch hässlich, dachte Alex.

Er sah sich um. Angelos maß irgendetwas aus.

„Was macht Ihr Kollege da?", fragte Leonidas misstrauisch.

Das wüsste ich selber gerne, dachte Alex.

„Das wird er Ihnen schon noch verraten. Die anderen Angehörigen sind wo? Und wie kommen wir auf den Turm mit dem Balkon?", fragte Alex.

„Ich sehe nicht ein, warum Sie auf den Turm sollten. Das ist Privatbesitz!"

Alex war ganz perplex.

Angelos kam hinzu.

„Wir müssen und gehen da rauf. Denn eines kann ich Ihnen jetzt schon sagen: Das war kein Selbstmord, es war Mord!"

Leonidas schaute konsterniert.

Und Alex schaute konsterniert.

5

„Wie zum Teufel kommst du auf Mord?"

„Geduld, Süßer!"

In der Bibliothek – oder im Salon – wartete die restliche Familie. Das Anwesen war üppig ausgestattet. Nur das Feinste und das Teuerste.

„Ich werde mich über Sie beschweren!", sagte Leonidas. „Wer ist Ihr Vorgesetzter?"

Angelos deutete auf Alex.

„Bitte sehr. Das ist mein Chef!"

Leonidas war überrascht – und still.

Immerhin zeigten einige Familienmitglieder eine Regung. Die Mutter saß am Tisch und heulte. Ein junger Mann lag teilnahmslos und wie weggetreten auf der Couch.

„Die Braut ist wo?"

„Nach Hause natürlich. Ich rufe jetzt Giorgos an, der hat eine Hebebühne", sagte Leonidas.

„Sie machen gar nichts. Das ist ein Tatort", knurrte Angelos.

„Wieso ein Tatort?", stieß die Mutter schluchzend hervor.

„Entschuldigen Sie, Frau Leonidas, Ich glaube, Ihr Sohn ist ermordet worden!"

Sie schrie erneut auf.

„Das ist absurd. Sie verursachen nur noch mehr Leid. Schauen Sie sich meine Frau doch an!"

Plötzlich erwachte die Gestalt auf der Couch.

„Ermordet?"

„Wer sind Sie bitte?", fragte Angelos.

„Ich bin Stefanos, sein Bruder!"

Er war vollkommen neben der Spur und sichtlich verwirrt. Plötzlich wurde sein Kopf hochrot und voller Zorn schrie er seinen Vater an:

„Das ist alles deine schuld!"

Dann rannte Stefanos aus dem Raum.

Na holla, das ist aber eine nette Familie, dachte Alex.

„Können wir jetzt auf den Turm?", fragte Angelos.

Leonidas knurrte. „Der Butler führt sie hoch. Kostas!"

Kostas kam sogleich und Alex erstarrte.

„Hallo, Alex", sagte Kostas erfreut.

„Äh, hallo Kostas!", entgegnete Alex mit rotem Kopf.

„Dein Mann?", fragte Kostas beim Hinaufgehen.

„Ja. Angelos." Alex war sehr wortkarg.

„Heute zeige ich dir zur Abwechslung mal nicht die Küche, sondern den Balkon!", meinte Kostas, der die Situation genoss.

Oh, halt die Klappe, Kostas! Doch Angelos hatte es schon längst mitbekommen.

„Ah. Sie sind der ehemalige Kellner, den mein jetziger Mann in der Küche vernascht hat? Darf ich Sie fragen, wie alt Sie damals waren?", fragte Angelos.

Kostas lächelte.

„18".

„Natürlich" antwortete Angelos.

Alex war noch immer rot im Gesicht. Das darf doch nicht wahr sein.

„Immerhin sieht er gut aus. Freispruch", flüsterte Angelos ihm ins Ohr.

Und zum tausendsten Mal in seinem Leben verfluchte er Godzilla.

6

Zwei Wochen zuvor.

Er lag im Bett und zitterte ob der Vorfreude.
Heute würde ER endlich wieder kommen.
Seit zwei Wochen waren sie nicht mehr
zusammen. Nur wenn niemand im Haus war,
konnten sie sich besuchen und ihre Liebe
ausleben.
Und es war wahre Liebe. Seit fünf Jahren.
Und sie hatte sich nicht abgekühlt. Sie wurde
eher noch stärker. Er konnte ohne ihn nicht
mehr leben und das war keine Floskel.
Er war sich sicher, dass es seinem Besucher
ähnlich ging. Die Blicke, die sie sich zuwarfen,
waren gierig und voller Liebe.
Doch sie hatten keine Chance. Man würde
sie mit Gewalt trennen.
Sie waren erwischt worden. Gut, es war nur
beim Küssen. Aber ihr Vater verlor jegliche
Contenance und prügelte auf sie ein.
So heftig, dass sie beide nach Athen in die
Klinik mussten. Dort erzählte ihr Vater die
Geschichte vom brutalen Überfall – und man
nahm sie ihm ab. Sie selbst sagten nichts.

Nicht nur, um sich zu schützen, sondern auch ihre Mutter. Vater schlug sie beim geringsten Anlass. Unzählig waren Mutters „Treppenstürze" oder das „Fallen gegen eine Tischkante".

Beim letzten Mal wollte der Arzt Anzeige erstatten. Aber Mutter flehte ihn an, nichts zu unternehmen.

Man konnte ihm nicht entfliehen.

Keine Chance. Nicht auf dieser Insel.

Und eine Flucht weg von Mykonos war keine Option. Sie selbst hatten kein Geld und Vater würde sie überall aufspüren.

Die Tür ging auf und ER kam herein.

„Endlich. Ich dachte, ich halte es nicht mehr aus."

„Mir ging es genauso. Ich liebe dich. Und das für immer!"

Sie umarmten sich stürmisch.

Der eine war 21, der andere 18.

Es war kein Herumexperimentieren. Aus dem Alter waren sie heraus.

Es war wahre Liebe.

An die Zukunft oder ihre Umgebung verschwanden sie keinen Gedanken, wenn sie zusammen waren.

Es war Glück pur.

7

„Soll ich noch hierbleiben?", fragte Kostas.
Sie waren auf dem Balkon des Turmes.
„Nein", sagte Alex.
„Ja", sagte Angelos.
„So ist es in der Ehe", meinte Kostas.
„Bleiben Sie bitte noch. Ich finde es seltsam,
dass das Begrenzungsgitter wie ein Tor zu
öffnen ist. Das ist doch gefährlich für Kinder",
stellte Angelos fest.
„Die Kinder der Familie sind alle groß. Und
fremde Kinder kommen nicht hierher. Der
Alte hasst Kinder. Er hat es mit dem Törchen
so anlegen lassen, damit er einen
ungetrübten Ausblick auf das Meer hat,
wenn er auf der Liege Platz nimmt.
Nachträglich eingebaut, weil es ihn gestört
hat. Leider ist nicht er gestürzt."
„Sie mögen Ihren Chef nicht?", fragte
Angelos.
„Niemand mag Leonidas. Und er tut auch
alles dafür. Seine eigene Familie hasst ihn.
Und er ist gewalttätig", antwortete Kostas.
„Heißt, er schlägt Frau und Kinder?", fragte
Alex.

„Nicht nur einmal. Er glaubt, durch sein Geld steht er über dem Gesetz!"

„Ein netter Zeitgenosse", stellte Angelos fest.

„Gab es irgendeinen Streit in der Familie?
Kostas lachte.

„Streit? Das Leben hier ist ein dauernder Streit. 365 Tage."

„Warum sind Sie dann noch hier?"

„Weil er das Doppelte von dem zahlt, was üblich ist", antwortete Kostas.

Schlagendes Argument.

„Was soll eigentlich dieser Turm am Haus?"

„So fühlt er sich wie der Herrscher über die Insel. Angeberei!"

„Warst du überrascht vom Tod des Sohnes?", fragte Alex.

„Hier überrascht einen nichts. Überrascht hat mich eher die Hochzeit. Natürlich hat der Alte sie eingefädelt und der Kleine konnte sich wohl nicht richtig wehren. Ich dachte immer, er sei schwul", sagte Kostas.

„Hatten Sie etwas mit dem Sohn?", fragte Angelos.

Kostas tat entsetzt.

„Hören Sie mal. Am Arbeitsplatz bestimmt nicht!"

„Aha. Und was war mit meinem Mann in der Küche?", fragte Angelos.

„Eine Ausnahme. Ich stehe halt auf ältere Männer!"

Alex hätte gleichzeitig im Boden versinken und Kostas erwürgen können.

„Nur zur Klarstellung: Sie sind der Nächste, der hier runterfliegt, wenn Sie Alex nur anfassen!"

Angelos Lächeln glich dem eines Krokodils.

„Außerdem hatte ich ihn ja schon", sagte Kostas und ging wieder ins Gebäude zurück.

„Was für ein Arschloch!", meinte Angelos.

„Wenn ich mir vorstelle ..."

„Bitte tue es nicht. Es war ein Fehler und ist Lichtjahre her!", antwortete Alex.

„Lass mich doch auch mal ein bisschen eifersüchtig sein. Sonst bist es immer du!"

Stimmt.

Aber Alex sagte vorsorglich nichts.

Thema beenden.

Raus hier.

8

„Verschwinden Sie jetzt endlich, damit ich meinen Sohn herunterholen kann?", blaffte Leonidas.

„Nein. Erst kommt die Spurensicherung und dann holen WIR die Leiche herunter. Und wenn Sie uns jetzt weiter stören, nehmen wir Sie fest!", sagte Angelos.

Hinter Leonidas heulte die Mutter auf.

„Sie können ihn doch da nicht hängen lassen!"

Und Angelos sagte erheblich sanfter:

„Ich verspreche Ihnen, dass wir so schnell wie nur möglich sind. Und Ihren Sohn ganz vorsichtig bergen!" Ein anderes Wort fiel Angelos nicht ein. Wie man den Leichnam von der Metallspitze herunterholen sollte, war ihm noch nicht klar. Aufschneiden wäre wohl das Beste, aber mit einer Motorsäge …

Nein, das ginge nun wirklich nicht. Die Spitze abflexen und dann aus dem Körper ziehen. Das könnte gehen.

Er teilte Leonidas seinen Vorschlag mit.

„Sind Sie verrückt? Der Brunnen hat 50.000 Euro gekostet!"

„LEONIDAS! ES REICHT!", schrie die Mutter.

Sie sprach ihn mit Nachnamen an.
Bezeichnend.
„Machen Sie es so, dass mein Sohn hinterher
noch ansehnlich aussieht, Herr Kommissar.
Ich danke Ihnen!"
„Was für eine Familie", murmelte Angelos.
„Da hast du recht, aber bitte sag mir, warum
es kein Unfall oder Selbstmord war", fragte
Alex.
„Einem Selbstmörder scheint alles egal zu
sein. Auch wie die Leiche hinterher aussieht.
Aber würde er freiwillig auf eine Metallspitze
springen? Niemals. Er könnte überleben und
würde furchtbar leiden. Sein Leiden will er ja
gerade beenden. Viel wichtiger aber:
Selbstmörder lassen sich meist fallen. Sie
springen nicht in die Weite. Warum sollten
sie? Der Brunnen steht drei Meter von der
Hauswand entfernt. Im Normalfall wäre er
zwischen Wand und Brunnen aufgeklatscht.
Ich hatte einige Selbstmörder von
Hochhäusern in Thessaloniki, aber bei der
Höhe lagen die nie so weit vom Gebäude
weg. Das geht nur, wenn …
„ … jemand nachhilft und kräftig stößt",
ergänzte Alex.
„Das dürfte für den zusätzlichen Meter
gereicht haben. Ich lasse mich gerne

korrigieren. Am besten machen wir einen Praxistest. Wir holen unsere Badehosen, dann Maria und fahren ins ‚Waterworld'. Also nachdem Dimitriadis hier war und der Brunnenaufsatz weg ist!"

„Du bist schon genauso pietätlos wie ich", sagte Alex lachend. „Von wegen, ich bin der Rüpel!"

„Aber nur, wenn keiner zuhört!"

„Bin ich etwa keiner?"

„Netter Versuch, Alex. Aber über den 17-jährigen Kellner bin ich noch nicht hinweg!", knurrte Angelos.

„Er war 18!"

Glaube ich zumindest.

„Es war weit vor dir. Und ich habe mich entschuldigt!"

„Keine Ausrede. Dafür gibt´s eine Strafe!"

„Sexverbot?", fragte Alex entsetzt.

„Ganz im Gegenteil!", sagte Angelos mit breitem Grinsen.

9

Dimitriadis, Chefarzt der Klinik und gleichzeitig Insel-Pathologe starrte auf die Leiche. Ebenso Giorgos mit seiner fahrbaren Hebebühne.

„Also in der Regel arbeite ich nur an Dächern oder Straßenlaternen!"

„Und meine Leichen haben in der Regel kein Loch in der Mitte", knurrte Dimitriadis.

„Das Blöde ist, wir müssen alles auch noch in Schutzkleidung machen. Das wird heiter", meinte Angelos.

„Zu viert schaffen wir das schon", sagte Alex. Sie versuchten, eine passende Stelle zu finden, von wo aus man die Leiche würde anheben können. Sie fanden sie.

Aber Leonidas junior war widerspenstig.

„Das geht so nicht. Wenn sich die Knochen des Brustkorbs verklemmt haben, schaffen wir das nicht", meinte Angelos schwitzend.

„Giorgos, hol die Flex!"

Als Giorgos ansetzte, stürmte Leonidas aus dem Haus.

„Hören Sie sofort auf!"

„Weitermachen", sagte Angelos.

„Einer muss mit einem Seil nach unten und das Ding in die andere Richtung ziehen, sonst

fällt alles auf den Wagen und unsere Füße",
sagte Giorgos.

Alex kletterte von der Bühne hinunter.

Er zog das Seil straff, das sie an der Spitze
befestigt hatten.

„Jetzt gleich!"

Und so war es. Mit einem Knirschen löste sich
der obere Teil, inklusive Leonidas junior und
fiel auf die andere Seite.

Leonidas senior schnaubte, während seine
Frau endlich in Ohnmacht fiel.

„Wir bringen das obere Teil zurück und eine
Tube Kleber", sagte Angelos lächelnd.

„So, ich würde sagen, Giorgos fährt das Ding
in die Klinik, dann …", sagte Alex, doch
Dimitriadis ging gleich dazwischen.

„Oh nein! Sie beide kommen gefälligst mit.
Das ist Ihre Leiche, nicht meine. Und beim
Ziehen helfen Sie gefälligst!"

Das wird eklig werden, dachte Alex.

Einen Versuch war es wert, dachte Angelos.

In der Klinik fuhr man das Paket in den Keller
und legte es auf den Boden.

„Jetzt machen wir einen Seilzug um die
Spitze und hoffen, dass sie nicht abbricht",
sagte Dimitriadis.

„Sonst müssen wir alles aufschneiden."

Nach Alex´ Meinung war Leonidas junior schon offen genug. Anfangs widersetzte sich die Metallspitze vehement.

„Legt euch drauf, sonst geht es nicht!"

„Klappt´s noch? Soll ich vielleicht noch reinkriechen?", knurrte Alex.

„Komm, Alex. Du oben, ich unten. Los!"

Und plötzlich gab es ein leichtes Schmatzen und die Metallspitze löste sich. Sie knallte durch die Spannung an die Decke und traf eine der Halogenleuchten.

„Na bravo. Und wer zahlt das?"

„Wir. Entspannen Sie sich", sagte Angelos.

Da sie im Casino Geld gewonnen hatten, war das Ehekonto prall gefüllt. Natürlich war das Geld nicht wirklich auf dem Konto, sondern in einer Schachtel im Keller.

Man konnte durch Leonidas junior hindurchsehen.

„Gut. Jetzt könnt ihr gehen. Aber das Metallding nehmt ihr mit", sagte Dimitriadis.

Der Gestank war unerträglich.

„Kann man das nicht abduschen?", fragte Alex.

„Raus hier!"

„Ich brauche die DNA, Und vom Hemd auf der Rückseite eventuelle Fasern oder Hautreste außen", sagte Angelos.

Dimitriadis sah ihn von der Seite an.

„Sagen Sie mal Alex, ist der bei Ihnen auch so gescheit?"

„Ja natürlich. Und außerdem ist er eine Granate im Bett!"

Als sie die Klinik verließen, fragte Angelos:

„War das ironisch gemeint?"

„Das war ehrlich. Du bist zwei Klassen besser als der Kellner!" und Alex grinste bei der Antwort.

„Also doch Bestrafung!"

„Oh ja. Gerne!"

10

Doch auf der Rückfahrt ereilte sie ein Anruf von Richter Mantzaris. Die Herren mögen doch in sein Büro kommen.

„Hallo Angelos! Hallo Alex!"

„Hallo, Richter!" Die seltsame Kombination aus Duzen und der Anrede „Richter" ergab sich aus der Tatsache, dass auch der Richter mit Vornamen Alexandros hieß.

„Scheußliche Geschichte", sagte Mantzaris.

„Noch scheußlicher, wenn man in ihn hineinschauen musste", knurrte Alex.

„Angelos, ich halte dich für einen der besten Kommissare des Landes, aber musstest du unbedingt Leonidas unter die Nase reiben, dass es Mord war? Du hättest dich doch etwas mehr bedeckt halten können!"

„Entschuldige Richter, der Mann ist ein …", setzte Angelos an.

„ … ausgewachsenes Arschloch, ich weiß. Aber er hat Geld und Einfluss!"

„… und schlägt seine Familie!", entgegnete Alex.

„Das weiß ich alles. Ich will euch doch nur warnen. Er ist zu allem fähig. Ich hoffe, ihr findet bald etwas, das deine Mordtheorie untermauert, sonst hetzt uns Leonidas seine Meute an den Hals!"

„Wir waren gerade auf dem Weg zu einem Test ins ‚Waterworld'", sagte Angelos.

„Ihr sollt in einem Mord ermitteln und nicht Baden gehen", knurrte Mantzaris.

Angelos erklärte ihm kurz, was der Zweck ihres Besuchs in dem Wasserpark ist.

„Ich hoffe nur, ihr zwei behaltet die Badehosen an. Zumindest wird Frau Stavrakis wohl kaum im ‚Waterworld' sein!"

Mantzaris lächelte.

„Was steht denn als Nächstes auf dem Programm?"

„Ich dachte an eine Waschanlage, Richter", sagte Angelos grinsend.

„Wehe, es sieht euch jemand!"

11

Im Wasserpark zwischen Ano Mera und Elia
hatte Angelos zu tun, den Chef davon zu
überzeugen, den Sprungturm für zehn
Minuten zu sperren. Aber letztendlich willigte
er ein.
Zusammen mit Maria baute er die Kamera
auf und schloss den Laptop an.
„So, Alex, du machst einen Probesprung!"
Alex schaute den Turm hinauf und schon da
wurde ihm schwindlig.
„Du weißt doch, dass ich Höhen...", begann
er. Angelos lachte.
„Weiß ich doch. Also wieder einmal ich. Du
musst aber dennoch mit hoch!"
„Oh Himmel."
Zu zweit bestiegen sie den Turm.
„Hätte ich ein Seil mitbringen sollen?"; fragte
Angelos belustigt. Alex knurrte nur.
„Bereit, Maria?"
Sie war bereit und Angelos ließ sich nach
vorne fallen. Alex konnte gar nicht hinsehen.
Fünf Minuten später war Angelos wieder
oben.
„Jetzt bist du dran. Und mit möglichst viel
Kraft!" Angelos stellte sich vorne an die

Kante. Alex nahm etwas Anlauf und stieß dann Angelos von der Kante. Leider hatte Alex so viel Schwung aufgenommen, dass er mit in die Tiefe rauschte und knapp neben Angelos landete.

Während Alex sich am Beckenrand von dem Schrecken erholte, war Angelos schon abgetrocknet bei Maria.

„Und? Was haben wir?"

„Beim normalen Sprung 1,76 m Abstand zum Rand, mit Stoßen 2,78 m! Beim Stoßen kippst du aber deutlich nach vorne!"

Angelos grinste breit.

„Kannst du die Bilder übereinanderlegen?", fragte Angelos.

„Klar" sagte Maria.

„Schau, Alex. Viel weiter und auf Höhe der Brunnenspitze bin ich fast waagrecht.

Dann sind wir jetzt schon einen Schritt weiter. Alex, komm! Was ist denn? Du bist ja richtig grün im Gesicht!"

„Ich hasse dich", murmelte er.

12

Aris Sokrates saß in seinem Stuhl und schaute auf seine Frau. Sie nahm gerade die Wäsche von der Leine und jedes Mal, wenn sie sich bückte, dankte er Gott dafür, dass er eine so schöne Frau sein Eigen nennen konnte.

Pia war nach der Hochzeit und der Schwangerschaft kein einziges Kilo schwerer geworden. Sie war noch immer eine Schönheit.

Ich bin ein Glückspilz, dachte Aris.

Eine schöne Frau, eine Tochter, Anna, die er vergötterte. Ein kleines Häuschen am Rande von Foko. Was will man mehr?

Aris ging zu seiner Frau und küsste sie.

„Was soll denn das jetzt?"

„Darf ich meine Frau nicht küssen?"

Pia lachte. „Natürlich. Aber dann musst du bei der Bettwäsche helfen!"

Und das machte er mit Freude.

„Vergiss nicht, du musst Anna von der Vorschule abholen", sagte Pia.

„Stimmt. Ich mach mich besser auf den Weg."

Die Fahrt mittags dauerte immer etwas länger, weil zwei Fähren fast gleichzeitig in den Hafen einliefen.

Aris war etwa fünf Minuten später als sonst, doch am Treffpunkt am Fabrika-Platz war sie nicht. Er parkte und ging den Weg zur Vorschule, aber auch dort keine Spur von ihr. Erste Anzeichen von Panik krochen in ihm hoch.

Er rief Pia an.

„Kannst du ihre Freundinnen anrufen? Vielleicht ist sie mit denen mit?"

Fünf Minuten später wusste er, dass sie nicht bei Freundinnen war.

Er fing an zu zittern.

Meine Anna.

Ruhig bleiben! Vielleicht läuft sie nur in der Stadt herum. Er suchte und suchte und rief zwischendurch immer wieder seine Frau an. Fehlanzeige.

Er fuhr in die Klinik, doch auch dort gab es kein kleines Mädchen, das eingeliefert worden war.

War er vor drei Stunden noch restlos glücklich, so war er jetzt am Boden zerstört. Was sollte er nun tun? Er klapperte alle Bushaltestellen ab. Vielleicht hatte sie sich ja verlaufen.

Nichts.

Wie jeder Vater eines vermissten Kindes malte er sich die schlimmsten Dinge aus. Ein alter Sack, der sich an ihr verging. An diesem Punkt traten ihm die Tränen in die Augen. Er würde ihn umbringen.

Was mache ich jetzt?

Zur Polizei gehen? Nein. Wenn sie wirklich entführt wurde, wäre das ihr Todesurteil.

Er ließ den Kopf auf das Lenkrad sinken und hämmerte auf das Armaturenbrett.

Er rief seine Frau an, die kaum mehr sprechen konnte vor lauter Angst.

„Aris, fahr bitte zu Alex! Er weiß, was zu tun ist!"

Alex kannte Pia gut und mochte sie. Rein platonisch natürlich.

Er war ihre letzte Hoffnung.

13

„Sie müssen Angelos sein", sagte ein tränenüberströmter Aris, als er in Ornos vor dem Haus der Herren Nikakis stand.

„Der bin ich. Sie wollen zu Alex?"

Doch der war schon aus der Küche gestürmt.

„Aris, was ist passiert?"

„Meine Tochter ist weg. Seit heute Mittag. Ich habe überall gesucht."

„Komm, setz dich. Hast du Fotos von Anna?"

„Das ganze Handy voll", sagte Aris.

„Angelos, kannst du …"

„ … Fotos an den Hafen und den Flughafen. Maria soll eine Kontrolle Richtung Ano Mera machen und alle Kofferräume öffnen lassen. Und Aris sollte seine Familie zusammen trommeln, und die Stadt absuchen. Ich könnte noch einen Aufruf über Facebook starten!"

„Ich liebe dich, falls ich das noch nicht erwähnt habe", sagte Alex.

„Die meisten Mädchen tauchen innerhalb von 24 Stunden wieder auf", meinte Angelos. Aber nach 72 Stunden sind fast alle tot. Das erwähnte er natürlich nicht.

Eine Kindesentführung UND ein Mord. Warum immer alles gleichzeitig, dachte Alex.

14

Doch 48 Stunden später war Anna noch immer nicht aufgetaucht. Und es meldete sich auch kein Entführer. Nichts. Stille. Außer dem Wehklagen der Eltern.
„Das ist kein gutes Zeichen", sagte Alex betrübt.
„Nein. Denn alle harmlosen Gründe sind passé. Ich befürchte, sie ist tot", antwortete Angelos. „Es fällt mir schwer, mich auf Leonidas zu konzentrieren, aber es hilft nichts. Wir können den Fall nicht schleifen lassen!"
„Du hast ja recht", erwiderte Alex.

Das Handy brummte. Es war der Richter.
Eine Leiche im Hafen.
„Oh Gott. Wenn es Anna ist, musst du die Nachricht überbringen. Ich kann das nicht",

bat Alex.

„Na klar. Wie ich Kinderleichen hasse", sagte Angelos.

Das tut wohl jeder Polizist.

Doch als sie an besagtem Hangar 5 ankamen, standen dort zwar Yannis, der Hafenmeister und Nikos, der Vorarbeiter, aber von einer Leiche war nichts zu sehen. Noch nicht.

„Wo ist denn die Leiche?", fragte Angelos.

„Na, da!", sagte Yannis und deutete auf ein Quadrat aus Metall.

„Wollt ihr uns veräppeln?", brummte Alex.

„Wir haben wirklich anderes zu tun!"

„Dann schauen Sie sich doch den Klumpen etwas genauer an, Chef!"

Yannis war Alex´ ehemaliger Mitarbeiter.

Angelos war schon in die Knie gegangen.

„Da ist tatsächlich eine Hand. Aber viel zu groß für ein Kleinkind!"

Na bravo.

Das wären dann zwei Morde und eine Kindesentführung.

„Wo kommt der Block her?"

„Von der Schrottpresse, hinten bei Giorgos. Es war reiner Zufall. Beim Verladen ist der Block vom Haken gefallen. Und Nikos hat dann die Hand gesehen. Da war wohl eine Leiche in einem Wagen", sagte Yannis.

Wie scharfsinnig, dachte Angelos. Und Alex zuckte nur mit den Schultern.

Mit Schrecken dachte Alex daran, wie man die Leiche oder deren Reste aus diesem Knäuel ziehen sollte. Und erst Dimitriadis. Er würde toben.

„Es ist eine Frauenhand", sagte Angelos.

„Dann sollten wir jetzt mit Giorgos reden!"

Der wiederum war fröhlich am Schrotten, als die beiden Ex-Kommissare auf dem Gelände ankamen. Stapelweise schrottreife Autos.

„Wusste gar nicht, dass es auf der Insel so viele Autos gibt", stellte Angelos fest.

„Das nicht, aber dafür viele Unfälle. Außerdem schrottet er auch die Autos von Naxos", antwortete Alex, wissend, dass dies die Ermittlungen nicht erleichtern würde.

„Hast du dir schon vorgestellt, was passiert, wenn wir den Block auseinanderreißen?", fragte Alex.

„Matsch", stellte Angelos fest.

Es herrschte ohrenbetäubender Lärm. Alex winkte Giorgos vom Kran herunter.

„Hallo, Alex. Was gibt´s?"

„Was es gibt? Eine Frauenleiche in einem deiner Blöcke!", sagte Alex.

„Dafür kann ich doch nichts. Ich kontrolliere doch nicht jeden Wagen. Hier wird angeliefert, gepresst und dann nach Piräus verschifft."

„Ok. Dann wollen wir die Papiere der Autos sehen, die hier angeliefert wurden."

Angelos kicherte.

„Alex, die Papiere werden bei der Abmeldung einbehalten. Und wer weiß schon, wann die Karre abgemeldet wurde. Die kann Jahre alt sein. Und Abrechnungspapiere wird es nicht geben. Oder gar Quittungen. Und ganz bestimmt nicht für gerade dieses Auto! Lass uns gehen!"

Auf dem Weg zum Auto fing Alex an zu streiten.

„Musst du mich jedes Mal so runterlaufen lassen vor anderen? Ich weiß, du bist der bessere Kommissar. Reicht es nicht, wenn ich es zugebe?"

Angelos schaute zerknirscht.

„Entschuldigung. Du hast recht. Manchmal denke ich, ich bin noch in Thessaloniki und habe meinen strohdummen Assistenten neben mir. Ich vergesse, dass jetzt du an meiner Seite stehst. Und kein schlechterer Kommissar bist als ich. Und das meine ich ernst. Ich werde zukünftig aufpassen!"

„Sag jetzt bloß nicht, du machst es heute Abend wieder gut!", knurrte Alex.

„Heißt das, ‚es' fällt heute aus?", fragte Angelos grinsend.

Zu einer Antwort kam es nicht mehr, denn Dimitriadis fuhr vor.

„Das ist nicht euer ernst! Eine Leiche im Quadrat? Verteilt über ein ganzes Auto? Was soll man da obduzieren? Den Auspuff?"

Angelos ließ Alex den Vortritt mit einem Handzeichen.

„Schauen Sie sich es doch erst an! Zumindest eine Hand können wir bieten!"

„Na, das ist ja viel, gemessen an einem ganzen Körper", knurrte Dimitriadis.

Er ging zu dem Block und schaute sich den menschlichen Rest an, denn mehr war es nicht.

„Frauenhand, Heranwachsende. Wir müssten die Handknochen vermessen, um es genau zu wissen!"

„Aber es ist definitiv nicht Anna, also kein kleineres Kind?", fragte Alex.

„Lassen Sie doch Ihren Mann die Fragen stellen. Die sind meist geistvoller!", erwiderte Dimitriadis.

Oh Gott nein, dachte Angelos. Bitte nicht jetzt so einen Spruch. Er sah, wie Alex zu kochen anfing und davon stampfte.

„Was hat er denn? Er ist doch sonst nicht so empfindlich", fragte Dimitriadis.

„Wir müssen ganz sicher sein, bevor wir den Eltern von Anna sagen können, es ist nicht die Leiche ihrer Tochter."

„Ganz bestimmt ist das kein Kind!

„Ich glaube, es reicht die DNA", sagte Angelos.

„Womit soll es denn einen Treffer geben?"

„Mit einem vermissten Kind. Von denen haben wir meist die DNA. Von der Haarbürste oder …"

„Danke, Herr Kommissar. Ich weiß, wie das funktioniert. Und was machen wir mit dem Würfel? In meiner Klinik wird der nicht auseinandergezogen. Ganz bestimmt nicht!"

„Da würde man auch nicht mehr viel finden, oder?", fragte Angelos.

„Nicht wirklich. Knochenmehl und Splitter!"

„Und ein bisschen Blut, schauen wir mal", sagte Dimitriadis.

„Vielleicht wären die Eltern einverstanden, wenn sie wenigstens die Hand bekommen? Damit sie wenigstens etwas zu beerdigen haben?", schlug Angelos vor.

„Wenn Sie Glück haben, stammt das Mädchen nicht von hier. Dann muss das jemand anderes machen", meinte Dimitriadis.
Aber sie sollten kein Glück haben.

15

Wo sind nur Mama und Papa? Sie wollten doch kommen und sie abholen. Hatte jedenfalls der Mann behauptet.
Papa musste zum Doktor und könne sie deshalb nicht abholen. Deswegen sollte sie mit ihm kommen, er fahre sie zu Mama.
Erst im Auto fiel Anna ein, dass Papa gesagt hatte, dass sie niemals mit einem Fremden mitgehen dürfe.
Sie sagte dem Mann, er solle anhalten, doch der lächelte nur. Sie schrie und hämmerte gegen die Tür, doch sie ging nicht auf.
Er brachte sie zu einem kleinen Haus. Um das Haus herum war nichts, außer Berge.
Anna kannte diesen Ort nicht.

Der Mann fragte sie, ob sie Hunger habe. Doch Anna weinte nur.

„Wann kommen denn Mama und Papa?"

„Papa hat angerufen, dass sie erst morgen kommen", sagte der Mann.

Nun begann Anna laut zu kreischen. Und der Mann schlug sie.

„Sei still, du dummes Kind!"

Mama und Papa hatten sie noch nie geschlagen. Dieser Mann war ein schlechter Mann, das wusste sie nun.

Er würde es genauso machen wie zuvor. Eine Cola mit Lorazepam und es wäre 24 Stunden Ruhe.

Er hasste Kindergeschrei.

Sie trank und schlief nach wenigen Minuten ein. Der Mann holte die Fessel aus dem Schrank und befestigte sie am Bein der Kleinen. Er benötigte eine kleinere Schelle als vorher. Um das Bein zu schonen, legte er ein Tuch unter die Schelle.

Finden würde das Kind hier niemand. Es war das ideale Versteck.

16

„Treffer, Sie Genie", sagte Dimitriadis leicht spöttisch zu Angelos am Telefon.

„Die DNA stimmt überein mit Eleni Papado-poulos, vermisst seit – und jetzt halten Sie sich fest – 2009! Seit zehn Jahren!

„Oh Gott. Sie war die ganzen zehn Jahre auf dieser winzigen Insel", sagte Angelos geschockt.

„Ich hoffe nur, sie landete nicht lebend in der Schrottpresse! Aber das werden wir wohl nie erfahren!"

„Da unterschätzen Sie mich, Herr Kommissar. Die Blutuntersuchung ergab eine tödliche Dosis Insulin. Sie ist sanft gestorben, bevor sie in der Presse landete", erklärte Dimitriadis mit hörbarem Stolz in der Stimme.

„Zehn Jahre? Dann müsste Alex den Fall doch kennen", meinte Angelos.

„Wenn die Demenz noch nicht eingesetzt hat", sagte Dimitriadis.

„Mein Mann ist 35 und keine 70. Danke fürs Gespräch."

Unverschämtheit.

17

Am Abend war auch Angelos erschöpft.
„Gott, bin ich müde!"
Aber er kroch zu Alex hinüber und legte sich auf ihn. Gesicht auf Gesicht.
„Was hast du vor?"
„Meinen Liebsten totküssen", sagte Angelos.
„Ist mein Liebster noch böse?"
„Das schaffe ich leider nicht länger als fünf Minuten. Aber verlasse dich nicht darauf!", knurrte Alex.
„Ich muss dich noch etwas fragen. Erinnerst du dich an einen Entführungsfall 2009? Eleni Papadopoulos?"
„Nein. Ich bin erst 2011 auf die Insel versetzt worden. Aber ich weiß, dass der Fall ungelöst blieb. Und wie ein dunkler Schatten über der Polizei lag. Man hat damals sogar Militäreinheiten zur Suche eingesetzt. Erfolglos. Ab und zu sehe ich die Mutter auf der Straße. Warum?"
„Die Leiche im Blechquadrat – das ist sie!"
„Was? Nach zehn Jahren? Aber die Hand war doch noch, äh, frisch!"

„Oh ja. Sie wurde erst vor etwa zwei Tagen getötet. Insulin. Zehn Jahre gefangen auf dieser winzigen Insel! Das ist nicht zu fassen!"

„Angelos. Dies ist nicht Thessaloniki. Hier gibt es Bereiche, in die niemand hineinkommt. Die Viertel der Reichen kannst du nicht stürmen ohne konkreten Anlass. Dann ist da noch die Militärbasis, die ebenfalls tabu ist. Selbst jetzt mit dem neuen Fall gibt es leider Grenzen!"

„Selbst bei einem kleinen Kind?"

„Selbst da. Gehst du morgen zu den Papadopoulos? Ich kümmere mich um Aris und Pia. Vielleicht melden sich doch noch Entführer", sagte Alex.

„Niemals. Die Familie hat kein Geld und ist vollkommen unbedeutend. Hoffentlich verschwindet Anna nicht auch für zehn Jahre", antwortete Angelos.

„Und dann müssen wir mit Leonidas weitermachen. Mich würde der Bruder des Opfers interessieren!"

„Nicht zufällig der Butler?", fragte Alex.

Angelos drehte sich langsam nach links.

„Ist ja schon gut. War ein Scherz!", sagte Alex leise.

„Aber ein ganz schlechter! Der Bruder schien mir am meisten betroffen. Und er hatte zu dem Alten gesagt: ‚Daran bist du schuld!'! Was hat er damit gemeint?"

18

Die Papadopoulos wohnten oberhalb der Altstadt, in der Nähe des ‚Starbucks'. Dort hinauf führte eine der steilsten Straßen der Insel.

Oben thronte das Hotel „Elysium" – mit dementsprechendem Ausblick. Der Sundowner im Elysium war ein Klassiker. Im zweiten Gang quälte sich Angelos an dem Hotel vorbei. Zwanzig Meter weiter machte er eine Vollbremsung und fuhr rückwärts in den Hof des Hotels. Er holte den Laserpointer aus dem Kofferraum und hielt ihn bergab. Er rannte ins Hotel.

„Mein Name ist …"

„Angelos Nikakis. Als ob das auf dieser Insel jemand nicht wüsste. Zumindest niemand, der auf Männer steht", sagte der Mann hinter der Reception. Knapp an die fünfzig.

„Danke für die Blumen, aber ich interessiere mich für die Kamera über der Garage. Sie zeigt bergab. Kann ich mir die Aufnahmen einmal ansehen?"

„Wie könnte ich einem so schönen Mann einen Wunsch abschlagen?", flötete der ältere Herr. Angelos hatte vergessen, dass das Elysium ein reines Gay-Hotel war.

„Kommen Sie mit in den Nebenraum. Keine Angst!"

Der ältere Mann deutete auf den Bildschirm oben rechts. Das ist die Kamera!"

Angelos besah sich das Bild.

„Kann man das zoomen?"

„Klar!"

Das Bild wurde größer und man konnte die Straßenecke vor der Vorschule sehen. Bestimmt hatte Anna dort gewartet, denn dort konnte sie sofort in Papas Wagen steigen.

„Ich brauche die Aufnahmen von vor drei Tagen. 13 bis 15 Uhr!" Angelos betete, dass der Mann ,Ja' sagen würde."

„Natürlich. Sie brauchen nur hier rückwärts drehen", und deutete auf eine Kugel.

Angelos konnte es kaum erwarten. Er drehte zurück und: da war sie! Ein kleines Mädchen!

Anna! Und dann kam ... was war denn das? Es näherte sich ein Mann, doch anstelle des Kopfes sah man nur ein helles Leuchten. Ein weißes Loch im Bild.

„Ist das ein Kamerafehler?"

Auch der ältere Herr schaute erstaunt.

„Nein. Das habe ich noch nie gesehen.

Doch Angelos schlug sich gegen die Stirn. Er hatte so etwas schon einmal gesehen. Das waren Infrarot-LEDs. An einem Cap oder einem T-Shirt angebracht, erzeugten sie ein weißes Feld bei Kamera- und Fotoaufnahmen.

„Internet?", fragte er. „Gleich hier!"

Angelos tippte „LED-Infrarot Banküberfall" ein.

Und tatsächlich: Vor einem Jahr gab es in Marseille einen entsprechenden Fall. Ein Überfall mit nutzlosen Kameraaufnahmen. Die Bilder im Netz waren die gleichen wie hier. Mist.

„Können Sie mir trotzdem eine Kopie ziehen?" Zumindest musste Anna von ihren Eltern identifiziert werden. Und der Täter war ein Profi – was Annas Chancen nicht gerade erhöhte.

„Danke", sagte Angelos, als der Mann ihm die CD überreichte.

„Sie sind gerne eingeladen auf einen Sun-
downer!"
„Das Angebot nehme ich gerne wahr.
Zusammen mit meinem Mann!", sagte
Angelos grinsend.

19

Mutter Papadopoulos öffnete die Türe mit
verweinten Augen. Sie hatte es also schon
gehört.
„Guten Tag, mein Name ist …"
„Nikakis. Ich weiß. Bitte. Obwohl sie uns
wahrscheinlich nichts Neues sagen können!"
„Dann wissen Sie von der Leiche im Hafen!"
„Von der Leiche im gepressten Auto, meinen
Sie wohl!"
Die Mutter verzog das Gesicht zu einem
seltsamen Lächeln.
„Ich entschuldige mich. Sie sollten es nicht
über Gerüchte, sondern von uns erfahren!",
sagte Angelos.
„Schon gut. So ist das auf einer Insel."
Oder eher in einer Klinik, deren Personal in
jeden TV-Sender gepasst hätte.

„Sagen Sie mir, Herr Nikakis. Wie kann es sein, dass ein Kind zehn Jahre auf einer kleinen Insel festgehalten wird, ohne dass es jemand merkt?"

„Das ist die große Preisfrage. Entweder der Entführer hatte Helfer, die dicht gehalten haben oder die Polizei hat Hinweise übersehen. Aber letzteres überprüfen wir noch. Sie wissen ja, dass wir einen neuen Fall haben!"

Frau Papadopoulos nickte.

„Ich hoffe, die Eltern müssen nicht so leiden wie wir. Die Ungewissheit ist schlimmer als alles andere!"

„Theoretisch kann Ihre Tochter auch auf eine andere Insel gebracht worden sein", sagte Angelos.

„Das glauben Sie doch selber nicht. Die Polizei hätte sie finden müssen! Ich mache Ihnen und Ihrem Mann keine Vorwürfe. Sie waren ja beide noch nicht hier, als es passierte. Aber man muss etwas übersehen haben!"

„Sie haben recht. Ich glaube, Ihre Tochter wurde hier festgehalten, nur ein paar Kilometer entfernt, denn es ist eine kleine Insel!"

Die Mutter nickte.

„Ich habe noch ein Problem. Wir konnten nur eine Hand Ihrer Tochter finden!"

„Das weiß ich schon. Uns reicht ein Stück zum Beerdigen. Wenigstens haben wir dann einen Ort zum Trauern."

20

Auch bei Annas Eltern war die Atmosphäre bedrückend. Wie hätte sie auch anders sein können. Sie saßen den ganzen Tag am Telefon, doch es läutete nicht. Keine Forderung. Nichts.

Alex ahnte, dass sie es mit einer Kopie der Entführung von 2009 zu tun hatten. Und das war alles andere als ermutigend.

Bei seinem Amtsantritt 2011 hatte er immer wieder die Akten durchgearbeitet, ist jedem Hinweis nachgegangen. Jedes abgelegene Häuschen wurde durchsucht. Nichts.

Alex vermutete, man habe sie von der Insel gebracht.

Dass die Leiche hier gefunden wurde, musste nichts heißen, auch wenn Angelos komplett anderer Meinung war. Aber genau das war der Grund für ihre Erfolge. Waren sie sich nicht einig, wurden alle Spuren und Theorien abgearbeitet – bis sich herausstellte, dass Angelos meistens recht hatte.

Aber Alex war nicht neidisch. Sie waren ein Team.

Zuhause und im Beruf.

Angelos wollte vorbeikommen und Aris und Pia eine CD zeigen.

Als er eintraf, gab es einen Begrüßungskuss.

„Das wird jetzt nicht einfach", flüsterte er Alex ins Ohr.

„Hallo. Wir haben wenigstens etwas. Eine Kamera vom ‚Elysium' hat die Vorschule aus großer Entfernung aufgenommen. Können wir? Pia, schaffen Sie das?", fragte Angelos. Sie nickte.

Sie sahen die Szene, die Angelos schon kannte. Pia fing an zu weinen.

„Das ist Anna. Ohne jeden Zweifel. Warum hat der Mann keinen Kopf?"

„Er trug wahrscheinlich ein Cap mit Infrarot-LEDs. Die stören die Bildübertragung. Hinsichtlich des Täters bringt uns die Aufnahme nichts – leider!"

Nun wussten die Eltern, was passiert war. Alle anderen – auch noch so vagen – Möglichkeiten fielen flach.
Ihre kleine Tochter wurde Opfer eines Verbrechens und da kein Lösegeld gefordert wurde, war allen im Raum klar: sie lebte wahrscheinlich nicht mehr!

„Noch mehr weinende Eltern ertrage ich heute nicht mehr", sagte Angelos.
Er hatte zwei Ehepaare, Alex nur eines.

21

Zuhause saßen sie am Küchentisch.
„Bekommen wir einen Durchsuchungsbefehl für das Militärgelände?", fragte Angelos.
„Vergiss es. Das habe ich damals schon probiert. Das muss über das Verteidigungsministerium laufen und …"
Angelos hob die Hand. „Begriffen!"
„Ich bin wirklich ratlos", sagte Alex.
„Es ist derselbe Täter", meinte Angelos.

„Nur weil auch das letzte Kind an der Vor-schule entführt wurde?"

„Nein. Beides Mal keine Lösegeldforderung. Leider gibt es von 2009 keine Kameraauf-nahmen. Er muss aber von hier sein, sonst hätte er sich mit den LEDs nicht so viel Mühe gegeben. Bei einem Fremden hätte eine heruntergezogene Kappe genügt. Wir brauchen alle Kameras an den Haupt-straßen, damit wir das Gebiet eingrenzen können!"

Angelos saß über einer Karte.

„Richtung Agios Stefanos haben wir mehrere am Hafen. Richtung Ano Mera am ‚Veneti'. Richtung Flughafen am Kreisverkehr und hierher an der Pizzeria. Ein Auto mit Kind auf dem Rücksitz!"

„Aber da sind um die Uhrzeit Dutzende Väter und Mütter mit ihren Kindern unterwegs!"

„Die meisten können wir über die Kenn-zeichen ausschließen. Immerhin würde es das Suchgebiet eingrenzen. Außer die Kameras bringen nichts. Dann ist sie irgend-wo in der Stadt. Da finden wir sie nie, es ist zum …", sagte Angelos.

„Warte mal! Wenn der Entführer sie nicht töten will, sondern sie nur gefangen hält, braucht er Spielzeug. Damit sie stillhält.

Würde jedenfalls ich machen. Es gibt nicht viele Spielzeugläden, oder?"

Alex überlegte.

„Ich komme auf drei!"

„Dann soll die Polizei mit den Besitzern sprechen. Auf verdächtiges Verhalten hinweisen. Und die sollen jeden fragen, wie alt denn das Kind sei. Aber beiläufig!"

„Du meinst, er verrät sich durch Zögern?"

„Könnte doch sein!", sagte Angelos.

„Ja. Ich kann nichts beisteuern. Ich bin ratlos", sagte Alex.

22

Und leider hatten sie noch einen Mordfall.
Und zwar einen bestätigten.
Dimitriadis hatte sich gemeldet.
„Sag deinem Superhirn, er hatte wieder
einmal recht. Obwohl ich es ungern
zugebe!"
Alex musste lachen.
„Das glaube ich dir. Was gibt´s?"
„Hautpartikel auf dem Sakko. Auf Höhe der
Rippenflügel. Und deutlich mehr als bei einer
reinen Berührung. Ich würde sagen, er wurde
gestoßen. Unter den Fingern war nichts. Also
hat er wohl nichts geahnt und sich nicht
wehren können. Sonst hätten wir etwas
gefunden."
„Das geöffnete Terrassentürchen passt auch
dazu. Also machen wir erstmal mit Leonidas
weiter", sagte Angelos.
„Am meisten Sinn macht wohl der Bruder.
Irgendetwas brodelt in ihm!"
„Stimmt. Und was schlägst du vor?"
„Na ja. Der Bruder ist eindeutig schwul,
oder?"
„Ja. Schon. Oh. NEIN! Unter keinen Umständen spiele ich noch einmal den Lockvogel.

Du hast wohl vergessen, was bei Dimitri passiert ist. Er ist jetzt tot."

„Aber nicht, weil du ihn befragt hast. Ich würde es ja machen, aber du bist nun mal der Schönere!", sagte Alex lachend.

„Sehr witzig. Das ist verwerflich und charakterlich unter aller Kanone. Und dann passiert das Gleiche, wie beim letzten Mal."

„Du meinst ein Zungenkuss auf Foto?", fragte Alex.

„Vorsicht, Glatteis. Oder möchtest du das Thema noch einmal aufrollen?"

„Nein, Angelos. Aber wie knacken wir den Kleinen sonst? Denn den Vater können wir vergessen und die Mutter weiß bestimmt nichts."

„Oh Herrgott! Ich soll ihn also anmachen, damit er etwas ausspuckt!"

„Genau das!" Alex grinste.

„Ich schwöre dir, wenn du hinterher irgendeinen Ärger machst und wieder mit deiner Eifersucht kommst …"

„Ich bin ganz brav", sagte Alex.

23

Angelos rief den „Kleinen", Stefanos, auf seinem Handy an. Der war höchst erstaunt, willigte dann aber in ein Gespräch ein.

Angelos wollte jede Situation vermeiden, die ihn in die Bredouille bringen könnte. Also nichts Schummriges, nicht zu viel Öffentlichkeit und um Gottes Willen nicht gay.

Man einigte sich auf Essen gehen in Kalafati. Stefanos kam etwas später.

„Sorry, aber mein Vater war noch im Hause. Ich konnte erst raus, nachdem er gegangen war. Es ist wie im Gefängnis, nein, es ist ein Gefängnis."

„Wieso gehst du nicht einfach?", fragte Angelos.

„Das sagt sich leicht, wenn man meinen Vater nicht kennt. Ich besitze selbst keinen Cent, darauf achtet er besonders. Und er würde mich überall finden, verprügeln und heimschleifen!"

Angelos war fassungslos.

„Er kann dir keinerlei Vorschriften machen. Und wenn er auftaucht, ruf die Polizei!" Stefanos lachte.

„Die Polizei. Das soll wohl ein Witz sein. Die hat er doch alle in der Tasche!"

„Uns nicht!"

„Das stimmt. Deswegen stehen Sie auf seiner Hassliste auch ganz oben. Aber außerhalb Mykonos ist die Polizei fest in seinen Händen. Nicht nur die. Einmal hat er den Geheimdienst eingeschaltet, um mich zu finden. Anschließend musste ich vier Wochen im Zimmer bleiben. Nicht als Strafe, sondern, weil es so lange gedauert hat, bis die Spuren seiner Prügel nicht mehr zu sehen waren."

„Gibt es einen Grund für sein Verhalten?", fragte Angelos.

„Ja. Sein krankes Hirn. Er ist ein Diktator, der keinen Widerspruch duldet. Und er bekommt auch nie welchen, denn derjenige verliert im besten Fall seinen Job, im schlechtesten Fall…"

„Ja? Was passiert im schlechtesten Fall?"

„Wird derjenige geschlagen, verliert seine Existenz und, na ja, ich denke, so jemand hat auch Leichen im Keller – und zwar im wahrsten Sinne des Wortes. Natürlich nicht in unserem Keller, so dumm wäre Vater nicht."

„Und deine Mutter?"

„Die nimmt alles hin. Die Demütigungen, seine Affären, seine Schläge!"

„Wieso hat sie deinen Vater nicht verlassen?"

„Hören Sie mir nicht zu? Er würde sie erschlagen", meinte Stefanos.

„Du kannst mich ruhig duzen. Wie war das Verhältnis zu deinem Bruder? Du wirktest besonders getroffen!"

Stille. Angelos war auf dem richtigen Weg.

„Wie zu einem Bruder. Er ist mein Fleisch und Blut!", antwortete Stefanos.

„Und das Verhältnis Vater zu deinem Bruder?"

„Noch schlechter als zu mir. Die beiden haben sich gehasst!"

„So gehasst, dass dein Vater deinen Bruder töten würde?"

„Ja. Aber es hatte sich etwas beruhigt, als Vater ihn zu der Hochzeit gezwungen hatte. Ein Witz!"

„Warum Witz? Wollte dein Bruder nicht heiraten?"

„Er wollte garantiert nicht heiraten. Zumindest keine Frau. Er war schwul!"

Das „schwul" sagte Stefanos ganz leise.

„Du brauchst das Wort nicht leise sagen. Ich bin es auch!", meinte Angelos.

„Duuuu? Das hätte ich nicht gedacht", antwortete Stefanos.

„Wieso? Muss man ein ‚S' auf der Stirn tragen oder geschminkt sein?" Angelos lachte.

„Nein. Ich war nur überrascht. Du siehst zu gut aus für einen Schwulen. Und dann wieder zu normal. Sorry, ich rede Unsinn."

„Passt schon", sagte Angelos und legte den Arm um ihn. Er hatte mit Bedacht zwei Sitzplätze auf der Bank gewählt.

Wieder beschlich ihn das Gefühl, etwas Unrichtiges zu tun. Wie damals bei Dimitri.

Aber Stefanos reagierte sichtlich auf Angelos. Er wurde leicht rot im Gesicht und begann zu haspeln.

„Hatte dein Bruder einen Freund?"

In dem Moment begann Stefanos hemmungslos zu weinen. Angelos blieb nichts anderes übrig, als ihn in den Arm zu nehmen, auch um die Lautstärke zu dämpfen, schließlich waren sie in einem Restaurant.

„Wollen wir am Strand ein paar Schritte laufen?", fragte Angelos.

Stefanos nickte.

Er hakte sich bei Angelos unter, doch das Weinen hörte nicht auf.

„Keine Angst! Nichts von dem, was du mir sagst, wird dein Vater je erfahren."

„Er weiß doch schon alles. Nein, besser, er vermutet etwas und das stimmt. Aber ich kann es dir nicht sagen, ich schäme mich zu sehr!"

Angelos hielt an, legte seine Arme auf Stefanos Schultern und blickte ihn an:

„Hab Vertrauen. Schau mir in die Augen und dann lass es einfach heraus. Es bleibt bei mir. Versprochen!"

Das Versprechen würde er nicht halten können, denn zumindest Alex müsste er es erzählen.

„Mein Bruder …. hatte einen Geliebten! Und das war ich!"

Angelos erstarrte.

„Du meinst, du und dein Bruder …?"

„Ja, wir hatten ein Verhältnis. Nein, das trifft es nicht. Er war die Liebe meines Lebens und umgekehrt! Schockierend, nicht?"

Angelos überlegte.

„Dein Vater würde es Schande und Inzest nennen. Ich denke, jeder sollte den lieben dürfen, den er liebt. Und bei zwei Brüdern gibt es keine Probleme mit Kindern, oder?"

Angelos lachte. Stefanos hatte sich etwas gefangen.

„Es war auch kein Experimentieren. Es ging seit drei Jahren und es wurde eher stärker!"

„Und das im Haus eines Tyrannen. Ihr müsst Höllenqualen gelitten haben. Die Angst!"

„Oh ja", sagte Stefanos und schien sich an einzelne Vorfälle zu erinnern.

Plötzlich wackelte der Boden und rundum gingen die Lichter aus. Stefanos hielt sich an Angelos fest, doch beim nächsten Stoß verloren sie auf dem Sand jeden Halt und fielen auf den Strand. Stefanos lag auf Angelos. Und Stefanos küsste Angelos auf die Backe.

„Danke fürs Auffangen!", sagte er.

„Ansonsten keine Sorge. Ich will dir keinen Ärger machen."

Sie standen wieder auf.

„Das war jetzt das zweite Mal in zwei Wochen", sagte Angelos besorgt.

Stefanos lachte.

„Man merkt, dass du nicht von hier bist. In der Ägäis ist das normal. Die Inseln sind ja nur aus Vulkanen und Erdbeben entstanden!"

„Mir ist fester Untergrund lieber. Jetzt zurück zum Thema. Du meintest, dein Vater wusste oder ahnte etwas?"

Stefanos zögerte.

„Er hat uns einmal erwischt. Nicht beim Sex, sondern beim Küssen. Und er hat Nikos dafür verantwortlich gemacht. Er hat ihn mit einem Baseball-Schläger halb totgeschlagen und zwei Wochen in ein Zimmer gesperrt. Mit mir durfte Nikos nicht mehr sprechen. Vater dachte, ich sei das Opfer und zu jung, um zu begreifen, dass es eine Todsünde sei, den eigenen Bruder zu küssen. Hätte er geahnt, dass wir schon seit Jahren Sex miteinander hatten, wir wären nicht mehr am Leben. Nun, Nikos ist es ja schon nicht mehr", sagte Stefanos und brach wieder in Tränen aus. Angelos nahm ihn in den Arm.

„Wie soll ich ohne ihn nur weiterleben?", klagte Stefanos unter heftigem Schluchzen.

„Das dachte ich auch einmal. Und ich hatte Glück. Ich traf Alex. Wieso sollte dir nicht ähnliches widerfahren? Es ist nur die Zeit bis dahin, die man ertragen muss!"

„Alex? Der andere Kommissar ist dein Freund?"

„Mein Mann, Stefanos! Und ich bin glücklich", erwiderte Angelos. „Warum sollte es dir nicht genauso gehen!"

„Weil mein Vater mich bis dahin längst erschlagen hat. Findet er heraus, dass es zwischen mir und meinem Bruder ernst war, oder dass ich schwul bin, dann …"

„ … stürzt auch du vom Turm, wolltest du sagen!"

Stefanos zögerte.

„Ja. Nikos hätte sich nie umgebracht. Selbst wenn er verheiratet gewesen wäre, hätte er trotzdem nur mich geliebt. Die Ehe als Deckmantel wäre sogar ganz gut gewesen. Offen hätten wir sowieso nie zusammenleben können. Zwei Brüder! Ein Skandal! Ich frage mich, warum?"

„Irgendwann wird man auch das akzeptieren müssen. So wie es mit Homosexualität oder Transsexualität auch war. Die Natur so zu akzeptieren, wie sie ist. Für euch leider zu spät!"

Stefanos sah auf sein Handy und erschrak.

„Oh Gott, es ist nach elf. Vater ist bestimmt schon zuhause. Das gibt wieder Prügel!"

„Dann komm mit zu uns. Wir regeln das schon irgendwie", meinte Angelos.

„Wirklich? Und was sagt dein Mann dazu?"

„Das regle ich schon", sagte Angelos. Dennoch würde es Ärger geben.

24

Angelos rief Alex an.

„Alex, ich habe Stefanos dabei. Ich kann ihn nicht nach Hause lassen. Zu gefährlich. Ich nehme ihn mit zu uns. Vertrau mir einfach!"

Stefanos schaute Angelos an.

„Und das ‚Vertrau´ mir einfach!‘ reicht?"

„Bei Alex und mir schon!", sagte Angelos lächelnd.

„Dann hast du großes Glück!"

„Ich weiß."

Als sie in Ornos ankamen, stand Alex schon in der Türe und begrüßte Angelos mit Küsschen.

„Hallo, Stefanos. Espresso?", fragte Alex.

„Gerne!"

Kurz danach saßen die drei am Küchentisch.

„Als Erstes brauchen wir eine gute Ausrede, warum Stefanos nicht nach Hause kommt!", sagte Angelos.

„Ein Autounfall?", schlug Alex vor.

„Dann müssten wir sein Auto demolieren."

„Bitte nicht, sonst komme ich von diesem Horrorhaus nicht mehr weg", meinte Stefanos.

„Festnahme wegen irgendetwas?", lautete Alex´ zweiter Vorschlag.

„Drogen vielleicht? Dann schlägt ihn sein Alter tot", antwortete Angelos.

„Ich hab´s: wir vernehmen ihn als Zeuge für irgendetwas. Er hat einen Raubüberfall beobachtet oder so!", war Alex´ dritter Versuch.

„Bravo, Herr Kommissar. So machen wir´s! Wer geht an euer Telefon?"

„Meistens Kostas. Der Butler!", sagte Stefanos.

„Möchtest dann du anrufen, Alex?", fragte Angelos grinsend.

„Ich liebe dich auch", lautete die Antwort. Also rief Angelos an.

Als er in die Küche zurückkam, klärte er Alex auf.

„Und den Zungenkuss hast du dieses Mal weggelassen?", fragte Alex.

„Vielleicht hätte ich es tun sollen", knurrte Angelos.

„Man merkt, dass ihr euch liebt", sagte Stefanos und lachte.

„Ihr wisst gar nicht, in welchem Paradies ihr lebt. Ihr könnt immer zusammen sein. Ohne jede Angst!"

„Wir wissen es, Stefanos, und genießen es jeden Tag. Ohne Alex wäre ich tot. Und dein Leben ist noch lange nicht vorbei. Zunächst müssen wir dich vor deinem Vater

beschützen. Hier bist du erstmal sicher!",
sagte Angelos.

„Für heute, ja. Und danach?", fragte
Stefanos.

„Immer langsam, ein Schritt nach dem anderen. Eine Zeitlang kannst du hier bleiben,
wenn du einige Regeln befolgst. Du läufst
nicht nackt herum, kriechst nicht unter unser
Bett und machst meinem Mann keine Liebes-
erklärungen", verkündete Alex.

Stefanos schaute verwirrt.

„Mein Mann ist krankhaft eifersüchtig. Auf die
Idee, dass er mich damit beleidigt, kommt er
nicht", sagte Angelos kopfschüttelnd.

„Er hat nur Angst, dich zu verlieren. Wenn ich
das sagen darf", antwortete Stefanos leise.

„Es tut mir leid, Angelos", sagte Alex.
„Reflex!"

„Also zu mir hat er gesagt, dass er ohne dich
nicht leben könnte. Was kann man Schöne-
res sagen?", meinte Stefanos zu Alex.

„Du hast recht. Ich könnte auch nicht ohne
ihn. Und das weiß er auch. Aber jetzt sollten
wir uns um dich kümmern. Herr Kommissar
Nikakis?"

Angelos holte tief Luft.

„Also. Was wissen wir? Auf dem Sakko deines
Bruders waren am Rücken sehr viele Haut-

partikel im Rippenbogenbereich, und zwar beidseitig auf gleicher Höhe. Er wurde also gestoßen. Die DNA dauert noch ein wenig. Ich vermute, es ist die deines Vaters, der herausgefunden hatte, dass Nikos nicht heiraten wollte, weil er immer noch in dich verliebt war, Stefanos.

Das Problem ist nur: die DNA reicht nicht aus. Er wird behaupten, er habe Nikos zuvor hinten auf den Rücken geklopft. DNA heißt immer nur, es gab einen Kontakt. Sie sagt aber nichts aus über den Zeitpunkt. Wir alle glauben zu wissen, er war es. Aber wir müssen ihn überführen. Gibt es ein Foto von euch zwei in eindeutiger Pose?"

„Meinst du beim Küssen oder beim Sex?", fragte Stefanos.

„Am besten natürlich beim Sex. Wäre am Wirkungsvollsten", meinte Alex.

„Ja. Wir haben ein Tape gemacht. Damit wir uns es in den Tagen ansehen können, wenn wir uns nicht treffen konnten. Das Tape habe ich im Auto versteckt", antwortete Stefanos.

„Du willst ihn als Lockvogel einsetzen?", fragte Alex.

„Ich sehe keine andere Möglichkeit", antwortete Angelos.

„Aber er bringt mich um", widersprach Stefanos.

„Das kannst du nicht tun!"

„Vertrau mir, Stefanos. Ich werde nicht zulassen, dass er dir etwas tut", sagte Angelos.

„Das hast du gar nicht in der Hand. Du kannst mich nicht 24 Stunden beobachten und schützen."

„Das brauche ich auch gar nicht. Wir müssen es nur genau planen. Jetzt holen wir erst mal das Tape."

25

„Müsst ihr euch das ansehen?", fragte Stefanos.

„Ja. Erst dann können wir abschätzen, wie dein Vater reagiert. Außerdem muss es technisch in Ordnung sein. Keine Sorge. Sex zwischen zwei Männern ist uns nicht unbekannt", meinte Angelos grinsend.

„Und dass ihr Brüder wart, spielt für uns keine Rolle. Jeder darf den lieben, denn er will", ergänzte Alex.

Stefanos kämpfte mit den Tränen.

„Was hast du?", fragte Angelos.

„Warum habe ich nicht einen von euch zum Vater?"

Angelos lachte.

„Weil wir garantiert keine guten Väter wären!"

„Dann fällt Adoptieren wohl auch flach?"

Jetzt lachten Angelos und Alex.

„Unter Garantie. Merk dir eines: vermische nie Beruf und Privates!"

Erst nach dem Räusperer von Alex merkte Angelos, dass genau das bei ihnen der Fall war.

„Bei euch funktioniert es doch auch!", lautete prompt die Antwort.

„Bereit, Stefanos?"

„Ja. Einerseits wird es schlimm, aber andererseits ist es die einzige Erinnerung an meine große Liebe!"

Und das konnte man sehen. Die zwei Akteure waren ein Liebespaar, im Wortsinne. Das war kein Sex, sondern Liebe pur.

Und man sah, dass beide weit über der Pubertätsgrenze lagen. Sie wussten, was sie taten.

Als die Vorführung beendet war, sagte Alex:

„Es ist einerseits schade, dass eure Liebe gewaltsam ein Ende fand, aber die Erinnerung daran kann dir niemand nehmen. Und vielleicht sollten wir einen Teil unseres Geldes verwenden, um über die Medien das Thema zur Sprache zu machen. Eine Stiftung mit dem Namen deines Bruders. Wärst du bereit, dich dem zu stellen? Den Medien. Natürlich erst, wenn dein Vater im Gefängnis sitzt."

„Das wäre toll. Dann würde es für andere leichter", sagte Stefanos.

„Vorausgesetzt, mein Mann ist einverstanden!"

„Blöde Frage. Wegen solcher Vorschläge liebe ich dich", sagte Angelos.

„Jetzt müssen wir nur noch besprechen, wie wir die Falle stellen."

„Ihr müsst aber dabei sein. Und eine Waffe haben. Mein Vater ist gemeingefährlich!"

„Keine Sorge. Wir machen so etwas nicht zum ersten Male", sagte Alex.

„Wie mir allein vor dem Gesicht graut. Und den Beschimpfungen. ‚Du Sodomit'. Du Perverser' und zum hundertsten Male ‚Hätte ich nur Mädchen bekommen, statt kranke Jungs'!"

„Weghören", sagte Alex.

Angelos war still.

„Warte mal. Was hast du als letztes gesagt?"

26

Anna weinte.

Sieben Tage war sie nun fort von Zuhause.
Und eben hatte der Mann ihr erklärt, dass
Mama und Papa bei einem Unfall gestorben
waren. Für Anna brach eine Welt zusammen.
Der Mann hatte ihr gesagt, sie würde sie nie
wiedersehen, aber vom Himmel aus würden
sie zuschauen und kontrollieren, ob sie auch
brav wäre. Wenn sie ein folgsames Kind
bleiben würde, dann kämen sie eines Tages
zu Besuch.

Also nahm sich Anna vor, brav zu sein, denn
sie wollte Mama und Papa wiedersehen.
Der Gedanke half ihr und sie hörte auf zu
weinen.

In dem Alter waren sie noch so herrlich naiv,
dachte der Mann. Später würden sie nur
noch Probleme machen. Dann waren sie in
seinen Augen unbrauchbar und er müsste
wieder für Ersatz sorgen.
Keinen Moment verschwendete an den
Gedanken, je erwischt zu werden.
Dafür war die örtliche Polizei zu dumm.

Und die zwei Kommissare – ja, sie waren sichtlich schlauer, aber nie würden sie diesen Ort hier finden. Niemals.

Plötzlich bewegte sich der Boden und Sachen fielen aus dem Schrank.

Anna schrie wie am Spieß.

Wie er Kindergeschrei hasste. Es bohrte sich regelrecht in sein Gehirn. Viel gesundheitsschädlicher kann ein Erdbeben auch nicht sein. Dummes Kind. Wegen ein paar harmlosen Erdstößen ein solcher Aufstand.

„Sei still. Oder es gibt nichts zu essen!"

Da Anna nur einmal am Tag etwas zu essen bekam, und auch dies nicht immer, war sie ständig hungrig.

Deswegen hörte sie sofort auf zu weinen.

Vor dem Verhungern hatte sie mehr Angst als vor dem Hauswackeln, wie sie das Erdbeben nannte.

„So langsam geht mir das Rumpeln auf den Wecker", sagte Angelos. „Ich habe in Xanthi mal ein richtiges Erdbeben erlebt. Und einmal reicht."

„Tja, leider änderst du die Natur hier nicht", antwortete Alex. Auch Stefanos schien vollkommen unbeeindruckt. Klar. Im Vergleich zu einem Treffen mit seinem Vater war ein Erdbeben eine Kleinigkeit.

„Ok, wir zeigen ihm das Tape und warten auf seine Reaktion. Ich habe die Waffe, um Schlimmeres zu verhindern. Natürlich wäre es sicherer, du wärst oben im Zimmer, Stefanos. Aber er muss dich sehen, um richtig in Rage zu geraten und sich zu verplappern! Wenn er denn kommt! Die Mikros sind an, Alex?" Nicken.

„Und, Alex, lass sie bitte an. Selbst wenn es vorbei scheint!"

„Warum?"

„Vertrau mir!", sagte Angelos lächelnd.

„Den Satz benutzt du alle 30 Minuten", sagte Stefanos grinsend.

„Aber er hat mich noch nie enttäuscht, also bitte, ich lasse die Dinger an."

„Stefanos! Showtime! Ruf ihn an

Leonidas stürmte aus dem Auto.

„Wo ist der Nichtsnutz?"

„Er kommt gleich", sagte Angelos. „Setzen Sie sich. Wir müssen Ihnen etwas zeigen!"

„Und wieso sollte ich mich dafür interessieren?", fragte Leonidas mit größtmöglicher Arroganz.

Stefanos kam die Treppe herunter und schon sprang Leonidas auf.

„Wo warst du Versager gestern Nacht? Ich hatte dir verboten, das Haus zu verlassen. Wahrscheinlich warst du wieder bei einem deiner perversen Freunde!"

„Meinen Sie damit uns?", fragte Angelos ruhig und lächelnd.

Leonidas sagte aber nichts.

Stefanos setzte sich auf einen Sessel gegenüber seinem Vater.

„Dann können wir ja loslegen", sagte Angelos.

Es dauerte keine zehn Sekunden, bis Leonidas aufsprang.

„Du Perversling! Mit dem eigenen Bruder! Du bist ein Schandfleck für die Familie. Man sollte dich ..."

„Töten?", fragte Angelos.

„Kastrieren!", sagte Leonidas.

Stefanos war aufgestanden und hatte sich hinter Angelos versteckt.

Leonidas lachte höhnisch.

„Da sind sie beieinander. Der eine Sodomit beschützt den anderen! Gott, warum habe ich keine Tochter! Du wirst mein Haus nicht mehr betreten, Stefanos! Und ich hoffe für dich, es gibt keine Kopien des Drecks!"

„Das nicht", sagte Angelos. „Aber Stefanos wird mit unserer Unterstützung im Fernsehen auftreten und seine Geschichte erzählen!"

Und da flogen bei Leonidas alle Sicherungen heraus. Er würde zum Gespött des ganzen Landes werden. Seine Geschäftspartner würden sich abwenden.

„Das wirst du nicht tun oder ich bringe dich um!", schrie er wie von Sinnen.

„Wie Nikos?", fragte Angelos.

„Um den war es auch nicht schade. Ich hatte ihm eine zweite Chance gegeben, aber er wollte von seinen Perversitäten nicht lassen. Es wäre endgültig öffentlich geworden."

„Und deswegen haben sie ihn vom Turm gestoßen! Die DNA auf dem Sakko ist Ihre!", sagte Angelos.

„Das beweist gar nichts", antwortete Leonidas arrogant. „Den Richter, der mich verurteilt, den gibt es nicht!"

Er lachte höhnisch.

„Das werden wir sehen. Ich an Ihrer Stelle würde mich nicht zu sicher fühlen", sagte Angelos.

„Mit dir Schwuchtel werde ich schon fertig", antwortete Leonidas.

„Und auch du wirst bezahlen, Stefanos! Du wirst so enden wie dein Bruder!"

In diesem Moment kam Alex herein und fragte: „Soll ich die Bänder immer noch laufen lassen?"

„Nein. In seiner maßlosen Arroganz hat der Herr genug erzählt", sagte Angelos grinsend.

„Du wusstest davon?", schrie Leonidas und stürzte sich auf Stefanos.

Angelos und Alex gingen dazwischen.

Und dann brach die Hölle los.

29

Das Beben kam ohne Vorwarnung.

Der erste Stoß war so heftig, dass es alle Bewohner und Gäste im Hause Nikakis von den Beinen riss. Im Wohnzimmer fielen die Regale von den Wänden und der Fernseher vom Rack. In der Küche flogen alle Teller und Gläser aus den Schränken.

Als sich alle gefangen hatten, versuchten sie aufzustehen. Sie waren unverletzt.

Dann kam er.

Der zweite Stoß. In einer wechselnden Seitenbewegung verschob sich der Boden. Jetzt war auch von draußen Lärm zu hören. Das ohrenbetäubende Heulen der Auto-Alarmanlagen bohrte sich in die Gehirne. Und Schreie. Dies war kein Ruckeln wie üblich, dachte Alex. Das ist ein richtiges Beben.

Angelos suchte Schutz unter dem Tisch. Leonidas und Stefanos krochen noch hilflos über den Boden. Alex kniete vor dem Kamin. Es hörte einfach nicht auf. Es knallte, es knarzte, es klirrte. Das Küchenfenster platzte.

„Alex! Unter den Tisch!", rief Angelos noch. Doch dann passierte es. Der erste Decken-balken fiel auf Leonidas und riss ihn zu Boden, doch immerhin traf er ihn nicht am Kopf. Von der Decke rieselte der Staub und machte es schwer, noch etwas zu sehen.

Leonidas stöhnte.

„Alex? Alles in Ordnung?", schrie Angelos gegen den Lärm an, der von draußen kam.

Alex hatte sich vor dem Kamin eingerollt.

Der dritte Stoß ließ das gesamte Haus wackeln. Man hätte glauben können, es würde hochgehoben und dann fallengelassen. Und die „Landung" des Hauses brachte die Katastrophe.

Der schwere Kaminsims löste sich mit einem Knarzen. Angelos sah es wie in Zeitlupe. Wie der Sims umkippte, Alex sich vor Schreck umdrehte und der schwere Kaminsims auf ihn knallte.

„Neeeeeein!", brüllte Angelos und versuchte zu Alex zu kriechen, doch noch immer bewegte sich der Boden und machte allein schon die Orientierung schwierig.

Dann war es vorbei. Der Staub löste sich auf. Der Lärm von draußen jedoch wurde lauter.

Als Angelos Alex erreichte, glaubte er, sein Ehemann sei tot.

Nein. Bitte nicht. Nicht so.

30

Angelos versuchte, den massiven Quer-
balken hoch- oder zumindest anzuheben,
der über Alex´ Oberkörper lag.

Obwohl Angelos durchaus muskulös war,
bewegte sich das Ding keinen Zentimeter.

„Stefanos, hilf mir!"

Der zog den Balken weg, der seinem Vater
auf die Beine gefallen war. Leonidas konnte
aufstehen und rannte zur Vordertüre hinaus
ins Freie.

Stefanos rannte hinterher.

Ohne auf Angelos und Alex zu achten oder
gar zu helfen.

Wer an das Gute im Menschen glaubt, ist ein
Idiot. Schock hin oder her, dachte Angelos.

Die Halsschlagader von Alex pumpte noch
schwach, aber er war bewusstlos. Und der
Sims lag quer über dem Brustkorb, sodass es
mit dem Atmen bald vorbei sein würde.

Er zog, er schob. Nichts.

Wie sollte er dieses schwere Ding bewegen?
Da hatte er eine Idee.

Er schwankte zur Türe. Als er nach draußen
sah, erblickte er Zerstörung und Chaos.

Im Nordteil der Stadt hatten die meisten
Häuser Schäden, einige waren zusammen-

gebrochen. Aus manchen waren Schmerzensschreie zu hören. Andere Häuser brannten. Als Angelos über die Bucht blickte, sah er, dass es auch die Stadt getroffen haben muss. Eine riesige Wolke aus Staub schien über der Chora zu hängen. Und der Lärm. Da praktisch jedes Auto von Gebäudeteilen getroffen worden war, plärrten die Alarmanlagen und übertönten die Schreie verletzter Menschen.

Angelos ging zurück ins Haus und kniete neben Alex. Dieser war immer noch bewusstlos. Trotzdem legte sich Angelos neben ihn, küsste ihn auf die Wange und flüsterte ihm ins Ohr: „Halt durch! Ich hole Hilfe. Ich bin in ein paar Minuten zurück. Ich liebe dich!"

Angelos wusste, dass keine Hilfe kommen würde. Alle Rettungskräfte würden sich auf die Stadt konzentrieren. In die kleinen Dörfer wie Ornos oder Kalafati käme so schnell keine Hilfe. Auch die Hubschrauber, die bereits in der Luft waren, donnerten über das Haus hinweg. Mit dem Auto war auch kein Durchkommen. Die Uferstraße war teilweise ins Meer gestürzt. Die Umgehungsstraße hatte große Risse.

Kurzzeitig verfiel Angelos in eine Depression.

Es war sinnlos. Und bis Alex Hilfe bekäme, wäre er längst tot. Er hatte mit Sicherheit innere Verletzungen. Und denen würde er erliegen. Selbst wenn sie die Klinik erreichen würden. Mit seinen paar Betten und zwei Ärzten war das Krankenhaus bestimmt hoffnungslos überfüllt.

Er würde über Alex´ Tod nicht hinweg-kommen. Das wusste Angelos. Er war sein Motor, auch wenn Außenstehende immer meinten, es sei umgekehrt.

Versuchen. Du musst es versuchen.

Und er rannte los.

31

Von ihrem Haus ging die Umgehungsstraße den Berg hoch. Mit einer Steigung von 18 Prozent. So manches Quad bleibt dort hängen und mancher Wagen hat im zweiten Gang Probleme, den Hügel zu meistern.
Auf der Hälfte der Anhöhe lag eine Autowerkstatt – wenn sie denn noch stand.
Auf der Straße waren Menschen unterwegs, aber die waren sicher keine Hilfe. Sie alle schauten verstört und geistesabwesend.
Es war nur ein schmaler Weg frei. Der größte Teil der Straße war durch Trümmer blockiert, ansonsten war die Teerdecke an vielen Stellen gerissen. Eine Spalte war knapp einen Meter breit, aber Angelos konnte über sie hinwegspringen.
Er war schon sehr außer Atem und die Sonne brannte erbarmungslos. Alex hätte seine Schweißausbrüche genossen. Pfirsich.
Wieder kippte Angelos´ Stimmung und seine Augen füllten sich mit Tränen.
Aber er konnte, er durfte nicht aufgeben.
Endlich. Er war auf der Höhe der Werkstatt, doch: die Hälfte davon war eingestürzt.

Er rief, dann sah er, dass ein Auto von der Hebebühne gefallen und einen Mann unter sich begraben hatte. Dieser war definitiv tot. Hoffentlich würde er in dem Trümmerhaufen das finden, was er suchte. Angelos versuchte, sich einen Weg durch den Schutt zu bahnen. Unter keinen Umständen durfte er jetzt umknicken oder stürzen. Er musste Alex helfen. Punkt.

Da sah er ihn.

Den großen Wagenheber, wenn auch nur der Hebel zu sehen war. Er befreite das Gerät von Steinen und zog es über das Geröll hinweg ins Freie.

Kurzzeitig dachte er daran, dass er einen Diebstahl beging. Aber um Alex zu helfen, hätte er in diesem Moment sogar gemordet. Nein, er würde in jedem Fall für Alex morden. Schließlich hatte Alex es auch schon für ihn getan.

Zwei Mal hatte ihn Alex vor dem Tod bewahrt.

Nun war es an ihm, etwas zurückzugeben. Er durfte nicht scheitern.

32

Den Profi-Wagenheber konnte Angelos nicht tragen. Er musste ihn ziehen und so verlor er weiter Zeit, denn alle zwei Meter blockierte ein Stein die Räder. Auch machte ihm die Spalte in der Straße nun Probleme. Es fand sich ein ausreichend langes Brett, über das er über den Abgrund hinwegkam. Als er hinunterblickte, konnte er tatsächlich keinen Grund erkennen. Die Erde hatte sich wahrlich aufgetan.

Endlich war er an ihrem Haus angekommen. Er zog den Heber über die Eingangsstufe. Obwohl er vollkommen außer Atem war, ging er sofort zu Alex und war unendlich erleichtert, dass er noch lebte. Ohne Bewusstsein, aber das Herz pumpte noch.

„Ich bin wieder da. Es wird dir gleich bessergehen", sagte Angelos Alex ins Ohr.

Er beseitigte den Schutt, der neben Alex´ Körper lag und schob den Wagenheber unter den umgestürzten Kaminsims.

Es dauerte eine gefühlte Ewigkeit, bis der Teller die Unterkante des Holzes erreichte. Ab jetzt langsam, dachte Angelos.

Der Sims hob sich langsam an. Angelos musste darauf achten, dass das schwere Holz nicht abrutscht und wieder auf Alex fällt. Als der Sims die nötige Höhe erreicht hatte, zog er Alex vorsichtig nach vorne. Der war noch immer bewusstlos.

Ich muss das Shirt aufschneiden, dachte Angelos und rannte in die Küche. Trotz des Chaos aus Geschirr, Gläsern und Lebensmittel fand er die Schere, die im Besteckkasten lag. Er rannte zurück und schnitt Alex´ Shirt auf.

Er sah sofort, dass der Brustkorb eingedrückt war. Das schwere Holz hatte offensichtlich mehrere Rippen gebrochen und die mussten sich in die Lunge gebohrt haben. Gott sei Dank hat er keine Druckmassage vorgenommen, sonst hätten sich die Knochen noch mehr in die Lunge oder gar in die Hauptschlagader gebohrt. Das wäre das Ende gewesen.

Dennoch: Alex brauchte dringend Hilfe. Entweder würde er an den inneren Blutungen sterben oder die Lunge würde komplett kollabieren.

Tragen. Er würde ihn tragen müssen. Doch wohin? In die Klinik? Zum Flughafen? Beide Ziele lagen kilometerweit entfernt. Und beim

Tragen würde sich die Lage der gebrochenen Rippen verändern. Möglicherweise
tödlich. Nein. Tragen kam nicht infrage. Er
brauchte eine stabile Unterlage, ein Brett
oder eine Matratze, die Alex waagrecht und
den Oberkörper möglichst ohne Bewegung
hielt. Aber wie sollte er Alex und die Matratze
den Berg hochbekommen?

Er rannte nochmals nach draußen, in der
Hoffnung, dass irgendein Auto zu sehen
wäre. Allein – Verkehr fand nicht mehr statt,
denn die Straßen waren unpassierbar. Was er
sah, war, dass einige Männer und Frauen
ungeniert den proton-Supermarkt plünder-
ten. Anstatt im Ort nach Verletzten zu suchen
oder irgendwie sonst zu helfen, wollten
manche Profit aus dem Unglück schlagen. Er
ging ins Haus zurück und holte die Pistole, die
in der massiven Kommode lag, und schoss
mehrmals in die Luft.

Wie die Wiesel flohen die Plünderer in alle
Richtungen. In zehn Minuten wären sie
wieder da.

Der Mensch, das Tier.

Angelos ging in den Keller. Vorsichtig, da
auch diese Stufen mit Schutt übersäht waren.
Der Keller war ein einziges Trümmerfeld. Die
Stauregale waren umgefallen. Alex hatte

recht behalten. Er wollte sie noch zusätzlich an der Wand befestigen, aber Angelos hatte abgewunken. Hättest du mal auf ihn gehört. Dann lächelte er plötzlich. Links stand an der Wand die kleine Luftmatratze. Da Angelos zu faul war, diese jedes Mal aufzupumpen, hatte er sie einfach an die Wand gelehnt. So könnte es gehen.

Er nahm die Matratze und ging wieder hoch. Fixieren. Er musste Alex auf der Matratze fixieren. Tapen. Über den Oberkörper konnte er kein Seil binden. Die Beine an die Matratze tapen. Ja, so würde er es machen.

Gott sei Dank war Alex ordentlicher als er selber. Die Schere musste in den Besteck-kasten, das Tape daneben. Und da fand es Angelos auch gleich.

Er hob den bewusstlosen Alex auf die Matratze und klebte den Körper ab der Hüfte an die Unterlage. So könnte es gehen. Ein Seil. Er brauchte ein Seil, das er an der Matratze befestigen konnte. Gott sei Dank hatte diese eine Kordel rundherum. Angelos hatte damals – glücklicherweise – keine Matratze aus Plastik, sondern aus impräg-niertem Stoff gekauft. Seil. Nein. Gartenschlauch. Er rannte auf die Terrasse, zog einige Meter des Schlauchs ab und schnitt ihn dann ab.

Er ging zurück ins Zimmer und befestigte den Schlauch an der Kordel.

Zeit.

Wieviel Zeit war schon vergangen? Gefühlt eine Ewigkeit. Zuviel für Alex.

Er legte sich nochmals neben ihn und sagte: „Jetzt geht's los. Es wird holprig und wahrscheinlich wehtun. Aber wir haben keine Wahl." Er hielt seine Achsel über Alex´ Kopf und dachte: Vielleicht hilft der Schweißgeruch nach Pfirsich. So weiß er wenigstens, dass ich da bin.

Nur einen Augenblick später öffnete Alex die Augen.

„Alex! Ich bin hier. Es wird alles gut. Ich ziehe dich auf der Matratze in die Klinik. Verstehst du? Wenn du Schmerzen hast oder eine Pause brauchst, dann zieh an der Kordel. Ich hole noch ein paar Tilidin gegen die Schmerzen", sagte Angelos vollkommen wirr angesichts des aufgewachten Alex.

Tabletten in der Küche, zweiter Schrank rechts. Er musste fast lachen, denn genau da standen sie. Alex´ Ordnungswahn hatte seinen Sinn. Nie mehr würde er sich darüber lustig machen. Wenn nur Alex überleben würde …

Wasser! Er würde viel Wasser brauchen, wenn er den Berg schaffen wollte. Er nahm eine Flasche und klemmte sie zwischen Alex´ Beine.

„So, kannst du die Tablette schlucken?"

Alex versuchte, den Kopf leicht anzuheben, verzog aber sofort das Gesicht vor lauter Schmerzen. „Mund auf!"

Angelos legte die Tablette unter die Zunge und ließ vorsichtig das Wasser in den Mund laufen, damit Alex nicht husten musste. Mit gebrochenen Rippen, die in der Lunge stecken, wäre Husten mehr als unangenehm.

„Du musst wachbleiben, Alex. Nicht einschla-
fen. Die Schmerzen werden gleich
nachlassen."
Angelos verfluchte die Pharmafirmen.
Retard. Verzögerung. Die Tablette würde erst
in 20 bis 30 Minuten wirken.
Alex versuchte etwas zu sagen.
Angelos beugte sich über Alex´ Mund.
Er hörte ein leises „Danke für alles. Ich liebe
dich!"
Angelos schossen die Tränen in die Augen.
„Oh nein. Das war´s noch nicht. Aber du
musst mir helfen, Alex! Sonst schaffe ich es
nicht. Hörst du? Du darfst nicht aufgeben. Du
darfst mich nicht alleine lassen.
Verstanden?", schrie er.
Und Alex nickte leicht mit dem Kopf.

Angelos band eine Schleife mit dem
Schlauch und zog sie über den Kopf. Er
musste sie auf Brusthöhe bekommen, nur so
würde er es schaffen.

Alles saß an der richtigen Stelle. Es konnte
losgehen. Vorsichtig setzte sich Angelos in
Bewegung. Als er vorsichtig die Eingangsstufe überquerte, hörte er ein Stöhnen.
„Entschuldigung!"

Noch immer war der Lärm ohrenbetäubend.
Die Alarmanlagen. Und die Plünderer waren
auch schon wieder da. Die Glock 17.
Angelos hatte sie im Bund stecken. Warum,
wusste er nicht.

Er erreichte die Stelle, ab der es steil bergauf
geht. Er hielt kurz an, trank reichlich Wasser
und ließ dann vorsichtig etwas Wasser in
Alex´ Mund rinnen und goss dann ein wenig
über dessen Kopf. Alex sollte nicht durch die
pralle Sonne kollabieren. Angelos zog sein
Shirt aus und deckte damit Alex´ Kopf ab,
sodass Augen und Mund freiblieben.

Ich werde es nicht schaffen. Diesen Berg
kann niemand etwas 80 Kilo Schweres
hochziehen.

Aber ich muss es versuchen.

Er erreichte nach wenigen Minuten die Stelle mit der großen Spalte in der Straße. Zwar lag das Brett noch über dem Abgrund, aber die Matratze darüber zu ziehen, war schlicht zu gefährlich. Das Brett würde verrutschen und Alex in die Tiefe stürzen.

„Alex, ich muss dich über den Spalt tragen. Mach dich so steif wie möglich. Es wird dennoch weh tun!"

Als Angelos Alex samt Matratze anhob, wurde ihm kurz schwarz vor Augen. Auf der anderen Seite angelangt, hörte er Alex flüstern: „Ich bin schlank wie eine Gazelle!"

Angelos lachte laut, musste aber gleich husten. Bereits jetzt spürte er seine Muskulatur in den Beinen nicht mehr und der Schlauch schnitt sich immer mehr in die Brustmuskulatur. Angelos zog und zog und zog. Die Sonne brannte unerbittlich.

Wasserpause. Für ihn und Alex.

Es würde noch eine Ewigkeit dauern, bis sie die Klinik erreichen. Los, Angelos, weiter!

Endlich erreichte er die Kuppe. Er bekam fast keine Luft mehr und an der Brust begann er zu bluten. Der Schlauch fraß sich ins Fleisch. Kurz blickte er zurück, den Hügel hinunter und sah Ornos unter einer Staubwolke. Aber er hatte keine Zeit zu verlieren.

Vor ihm ein atemberaubender Ausblick: eine Straße, die BERGAB ging. Er verlor keine Sekunde und begann erneut zu ziehen. In dem Bereich gab es keine Gebäude und deswegen keine Trümmer auf der Straße. Angelos kam gut voran. Noch 200 Meter waren es bis zur Kreuzung. Er hielt ein letztes Mal an, um zu trinken und um nach Alex zu sehen. Sein Kopf war feuerrot und er schwitzte. Sturzbäche. Angelos befürchtete eine Infektion. Wahrscheinlich war es der allgegenwärtige Staub, der in die Wunde gelangt war.

Angelos erreichte die Kreuzung.

35

Von oben näherte sich ein Fahrzeug. Der Fahrer sah ihn und den verletzten Alex – und fuhr vorbei. Angelos fluchte. Dann folgte ein zweites Auto. Er konnte erkennen, dass es ein Pick-up war. Angelos zog seine Glock 17 aus dem Hosenbund und schoss einmal in die Luft. Dann zielte er auf den Fahrer. Der trat sofort auf die Bremse und stieg mit hoch erhobenen Armen aus.

„Bitte nicht schießen", sagte er.

„Kommen Sie her und helfen Sie mir beim Aufladen", sagte Angelos und deutete auf Alex.

Zögerlich näherte sich der ältere Mann.

„Los! Wir haben alles, nur keine Zeit!", sagte Angelos und fuchtelte mit den Armen.

Der alte Mann öffnete die Ladeklappe und gemeinsam hoben sie Alex auf die Fläche. Angelos stützte sich kurz an der Klappe auf. Er konnte nicht mehr.

„Sie bluten heftig", sagte der alte Mann und deutete auf Angelos Brust.

„Das ist jetzt nicht so wichtig. Bitte fahren Sie uns zum Flughafen. Wissen Sie, ob die Straße offen ist?"

Der Mann nickte.

„Dann los. Und entschuldigen Sie die Pistole. Ich wollte Sie nicht erschrecken!"

Angelos hatte sich für den Flughafen entschieden. Die Klinik würde überfüllt sein. Und außerdem war sie bestimmt für Alex´ Verletzungen nicht ausgelegt.

„Und bitte fahren Sie vorsichtig. Jedes Schlagloch kann ihn umbringen", sagte Angelos und deutete auf die Ladefläche.

Er konnte es nicht fassen. Er hatte es geschafft. Nur: ob es nicht zu spät für Alex war, wusste er nicht. Aber er hatte es zumindest versucht.

Der alte Mann umfuhr die Löcher in der Straße. Auch hier waren eingestürzte Gebäude zu sehen, aber sie lagen weiter von der Straße entfernt als in Ornos.

Er machte sich keine Illusionen. Auch der Flughafen würde von den Zerstörungen betroffen sein. Normale Flugzeuge würden nicht starten können. Der geringste Riss in der Startbahn genügte, um diese unbrauchbar zu machen. Aber Hubschrauber könnten starten.

Sie näherten sich dem Airport und man konnte sehen, dass der hintere Teil des Terminalgebäudes eingestürzt war, der Bereich für die Inlandsflüge. Im anderen Teil wären Hunderte von Menschen gestorben, denn dort drängten sich die Massen auf engstem Raum.

Die Straße war überfüllt. Überall Fahrzeuge, deren Fahrer aus ihren Autos gestiegen waren, wahrscheinlich, um bei der Bergung zu helfen. Es gab also doch noch anständige Menschen. Angelos überlegte kurz und sagte dann:

„Geben Sie Vollgas und brechen Sie durch die Schranke des Parkplatzes!"

Der Mann schaute ihn entgeistert an.

„Und mein Wagen?"

„Wir kaufen Ihnen einen Neuen! Versprochen!", sagte Angelos. „Ich heiße Nikakis und wohne in Ornos!"

„Der Kommissar?" Angelos nickte.

„Warum sagen Sie das nicht gleich?"

Der Mann lächelte und brach mit dem Wagen durch die Schranke.

„Das wollte ich schon immer mal machen!"

„Jetzt noch durch den Zaun aufs Flugfeld!"

Gesagt, getan.

Angelos konnte es nicht fassen. Sie waren da. Jetzt fehlten nur noch zwei Dinge: ein Hubschrauber und ein Alex, der durchhielt.

36

Auf dem Flugfeld standen oder starteten mehrere Hubschrauber, alles Militärhubschrauber. Dann sah Angelos am unteren Ende Kostas. Und dessen Hubschrauber.

„Fahren Sie zu dem blauen Hubschrauber", sagte er zu dem älteren Mann. Der umkurvte die anderen Flugzeuge und hielt neben Kostas´ Fluggerät an. Die Rotoren standen still.

„Angelos!", rief Kostas gegen den Lärm an.

„Kostas, bitte. Dort hinten liegt Alex. Er muss dringend nach Athen, sonst stirbt er."

„Aber ich bin schon voll!", sagte Kostas.

„Das haben wir gleich", sagte Angelos und zückte seine Glock.

Als er sich dem Hubschrauber näherte, traf ihn fast der Schlag. Dort saßen unter anderem Leonidas und dessen Frau.

„Raus hier! Sofort!"

„Sie spinnen wohl! Wir haben bezahlt!"

„Ein letztes Mal: Raus hier!"

Leonidas´ Frau sah wohl in Angelos´ Augen die Verzweiflung und sagte:

„Komm! Wir können auch einen anderen nehmen!"

Beim Aussteigen sagte Leonidas noch:

„Dafür werden Sie büßen. Und für alles andere. Sie stehen ganz oben auf meiner Liste!"

„Was glauben Sie, wo Sie bei mir stehen? Sie haben sich beim Beben einfach aus dem Staub gemacht, ohne zu helfen. Dafür werden SIE bezahlen. Abgesehen davon, dass Sie ein Mörder sind!"

Kostas und Angelos betteten Alex von der Matratze auf eine Bahre um und schoben diese in den Hubschrauber.

„Du musst dich setzen und anschnallen", sagte Kostas.

„Nein. Ich lege mich neben Alex auf den Boden. Er muss mich riechen!", antwortete Angelos.

Alles klar, dachte Kostas. Dem ist wohl auch ein Balken auf den Kopf gefallen.

Angelos streichelte Alex über den Kopf.

„Wir haben es gleich geschafft. Noch ein paar Minuten bis Athen! Bitte halt durch!"

Er tastete zum letzten Male die Halsschlagader ab. Es spürte ein leichtes Pochen. Mein Ehemann ist ganz schön zäh.

Das war Angelos´ letzter Gedanke.

Dann fiel auch er in Ohnmacht.

37

Anna schüttelte sich. Um sie herum war eine Staubwolke und auch sie selber war voller Dreck und Staub.

Das Haus hatte so stark gewackelt wie noch nie, seit sie hier war. Dass sie eine Gefangene war, begriff sie in ihrem Alter noch nicht. Selbst wenn sie aus dem Haus ginge, wohin dann? Mama und Papa waren tot. Und der Mann hatte ihr erklärt, er sei ab sofort ihr Papa.

Sie hatte furchtbare Angst, als das Haus zu beben begann. Regale stürzten um, ein Fenster ging zu Bruch. Sie dachte, sie müsse sterben. Sie robbte unter den Tisch und schloss die Augen. Was man nicht sieht, passiert auch nicht. Nach einer Ewigkeit stand das Haus wieder still. Dennoch hatte sie so viel Angst, dass sie noch lange unter dem Tisch blieb.

Durch den Staub war sie durstig. Aber die Wasserflaschen waren alle auf den Boden gefallen und zerborsten. Sie kroch zu der Lache und versuchte, etwas Wasser aufzulecken. Aber es schmeckte furchtbar und schien nur aus Staub zu bestehen.

Sie würde auf Papa warten müssen.

Zeitgefühl hatte sie keines mehr. Sich logisch an Tag und Nacht zu orientieren, war ihr mit vier Jahren noch nicht möglich.

Sie sah einen roten Fleck auf ihrem Shirt. Blut. Das begriff sie schon.

Sie würde ein Pflaster brauchen.

Eines dieser bunten mit den Tieren darauf würde ihr gefallen.

Hoffentlich würde Papa daran denken.

Und etwas zu trinken.

Aber Papa würde nicht kommen.

Zum Glück für sie, wusste sie es nicht.

38

„Wer von den beiden ist nun der Schwer-
verletzte?", fragte der Chefarzt der
Universitätsklinik in Athen.

„Der Jüngere. Der rechts. Angelos Nikakis.
Komplette Dehydrierung mit Nierenfunk-
tionsstörung. Tiefe Wunden im Brustbereich.
Sorgen macht uns die Infektion.
Offensichtlich waren noch Pestizide an dem
Schlauch!", sagte der Assistenzarzt.

„Schlauch? Ich verstehe nur Bahnhof!"

„Herr Nikakis rechts hat Herrn Nikakis links auf
einer Matratze acht Kilometer zum Flughafen
gezogen. Gezogen hat er mit einem Gartenschlauch, den er um seine Brust gebunden
hatte. Weil er einen steilen Berg hoch musste,
hat sich der Schlauch in die Brust
geschnitten. Und an dem Schlauch befan-
den sich wohl noch Reste von Unkraut-
vernichtungsmittel. Auf die Antibiotika
reagiert er bisher nicht entsprechend.
Leider!"

„Sind die beiden Brüder?", fragte der
Chefarzt.

„Nein, verheiratet!"

„Oh. Na, ich würde meine Frau keine acht
Kilometer zum Flughafen ziehen. Außer sie

verschwände anschließend für immer nach Neuseeland!"

Oder auf den Mond. Besser dahinter, dachte er noch.

„Gut. Und was ist mit Herrn Nikakis links?"

„Ihm ist ein Balken auf den Brustkorb gefallen. Drei Rippen gebrochen, wobei eine die Lunge angeritzt hat. Gott sei Dank nicht durchstoßen, wie wir zunächst befürchtet haben", antwortete der Assistenzarzt.

„Na, dann können Sie ihn ja aufwecken. Bei dem Zugpferd rechts stellen wir das Antibiotikum um. Aber er wird hässliche Narben auf der Brust bekommen. Die müssten wir in einem Jahr beseitigen. Privatversichert?", fragte der Chefarzt.

Die Schwester nickte.

„Gut für ihn, gut für uns!"

15 Minuten später wachte Alex auf.

Aus Sorge um die beiden war Kostas, der Pilot, in Athen geblieben. Ihm entging so sicherlich viel Geld, aber er war es den beiden schuldig. Er saß in der Cafeteria, als ihn die Schwester holte.

39

„Kostas!", sagte Alex leise.

„Wo ist Angelos?"

Kostas lächelte.

„Ich wusste, dass das deine erste Frage sein würde! Er liegt neben dir!"

Alex versuchte, den Kopf zu drehen, aber die gebrochenen Rippen schmerzten sehr.

„Was ist mit ihm?"

„Mit ihm ist das passiert, was mit jedem Zugpferd geschieht, wenn man ihm keine Pause gönnt und es nicht mit Wasser versorgt. Es klappt zusammen!"

„Zugpferd? Ich verstehe gar nichts!"

„Er hat dich von Ornos auf einer Matratze fast bis zum Flughafen gezogen. Den ganzen beschissenen Berg hinauf!"

Alex begann, sich zu erinnern. Er lag unter dem Balken und roch Pfirsich.

Dann bekam er Wasser. Und dann war er in einem Hubschrauber. Das war alles.

„Leider hat ihm der Schlauch die Brust aufgescheuert und die Wunde hat sich entzündet. Bei der Einlieferung begannen die Nieren zu versagen. Aber jetzt ist er stabil.

Nur der Oberkörper ist nicht mehr ganz so schön!", sagte Kostas.

„Danke, Kostas! Ohne dich wären wir vielleicht nicht mehr am Leben!"

Kostas lachte.

„Ich hatte keine Wahl. Angelos fuchtelte mit seiner Glock herum! Er hat wirklich alles gegeben. Er muss dich sehr lieben!"

Ja, das tut er offensichtlich. Und ich ihn, dachte Alex.

„Wie viele Tote gab es?"

„Bis jetzt 36! Die meisten in Ornos. Leider hat euer Haus auch einiges abbekommen. Aber ich habe meinen Bruder hingeschickt. Ein Teil des Schutts ist schon weg und eine neue Tür bestellt. Dauert nur ein wenig. Deswegen hat er den Eingang mit Brettern vernagelt."

„Vielen Dank, Kostas! Wir schulden dir was. Kannst du mir noch einen Gefallen tun?"

„Klar!"

„Kannst du die Betten zusammenschieben?"

„Himmel. Gerade erst aufgewacht und jetzt will er schon wieder fummeln!"

„Idiot!"

40

Alex sah seinen Mann an. Auch wenn ihm das Drehen Schmerzen bereitete. Kostas hatte Angelos vorsichtig an die Kante des Bettes geschoben, damit Alex ihn erreichen konnte.

Sie waren beide am Leben. Nur das zählte. Das Haus kann ruhig eingestürzt sein (was es nicht war), aber Hauptsache, ER lebte.

Alex hielt Angelos´ Hand und roch daran. Er musste lachen. Pfirsich. Warum zum Teufel riecht er immer nach Pfirsich? Anfangs dachte er an eine Lotion oder Parfum, aber Angelos sah ihn damals nur verwirrt an.

„Ich rieche nach Pfirsich?"

Aber Alex war nicht verrückt, denn Irini, ihre Aushilfe in der Bar, sagte dasselbe.

Wie er diesen Geruch liebte.

Er wagte sich nicht vorzustellen, wie viel Kraft es gekostet haben mag, ihn den Berg von Ornos hochgezogen zu haben. Über die Trümmer hinweg. Bei sengender Hitze.

Dass er letztlich seine Pistole zum Einsatz brachte, zeigte Alex, wie entschlossen Angelos war, ihn zu retten.

So wie ich ihn schon zwei Mal gerettet habe. Aber das war nicht vergleichbar. Angelos hatte sich fast selbst umgebracht.

Am späten Nachmittag erlangte er langsam wieder das Bewusstsein. Er lächelte.
„Großer, bin ich froh, dass du endlich wach bist!"
Leise sagte Angelos: „Bin ich jetzt nicht mehr dein ‚kleiner Pfirsich'?"
Alex grinste.
„Der ‚kleine Pfirsich' war wohl eher ein Zugpferd! Danke!"
„Du musst unbedingt abnehmen. Nochmal ziehe ich dich nicht den Berg hoch", sagte er leise. Alex musste lachen, was er sofort teuer bezahlte, denn die gebrochenen Rippen machten sich bemerkbar. Er hatte nicht ein Kilo Übergewicht.
„Bitte keine Scherze, sonst leide ich Höllenqualen", sagte Alex.
Die Infektion machte Angelos zu schaffen, ihm lief das Wasser die Stirn hinunter.
„Ich würde dich gerne trocken lecken, aber mit dem Insektengift lasse ich das lieber", sagte Alex.
„Du musst ja nicht am Gesicht lecken", sagte Angelos lächelnd.

„Schon verstanden. Und wie soll ich da mit meinen gebrochenen Rippen hinkommen?"

„Da fällt dir schon was ein. Sonst lasse ich dich beim nächsten Beben liegen!"

Und so arbeitete sich Alex an Angelos Körper bergab. Wie immer gab Angelos ein Geräusch von sich, das dem Schnurren einer Katze ähnelte.

Als Alex gerade am Ziel angelangt war, kam die Schwester mit dem Abendessen zur Türe rein.

„So, die Herren Nika .., ach du lieber Gott. Äh, ich stelle es dahin und bin gleich wieder draußen."

Von unter der Decke hörte man ein gedämpftes ‚Danke'!

41

Am nächsten Tag ging es beiden erheblich besser. Bei Angelos schlug das neue Antibiotikum an.

„Wie sieht es zuhause aus?", fragte Alex.

„Ich denke, die Statik ist in Ordnung, aber genau hingesehen habe ich nicht. Ich hatte ja einen übergewichtigen ..."

„Ich glaube, ich spinne. An mir ist kein Gramm Fett", protestierte Alex.

„War ein Scherz! Leider bin ich jetzt nicht mehr der schönste Mann der Insel", sagte Angelos mit Schmollmund und deutete auf seine Brust.

„Himmel. Wer sieht denn deine Brust außer mir? Und für mich ..."

„Endlich kommt es! Raus damit!" Angelos grinste.

„ ... bleibst du der gut aussehendste und intelligenteste Mann, den man haben kann", sagte Alex lachend. „Hab´ ich was vergessen?"

„Den Sexgott! Unverschämtheit!"

„Der Dreck und der Schutt ist schon aus dem Haus. Hat Kostas erledigt", erzählte Alex.

„Gut. Schon komisch. Kaum ist die Bar renoviert, kracht das Haus zusammen. Gott sei Dank fehlt es uns nicht an Geld", antwortete Angelos.

„Wenn du gestorben wärst …"

„Ich weiß, Großer. Und ich hätte es nie geschafft, dich bis zum Flughafen zu ziehen."

„Ganz so weit war es ja nicht. Wahrscheinlich wäre dir etwas anderes eingefallen. Hättest jemand bei der Marine angerufen, von dem du noch ein Geständnis im Keller hast und schon wäre ein Zerstörer unterwegs gewesen!"

Alex lachte. Und er kannte tatsächlich einen Marineoffizier, der ihm noch etwas schuldig war. Beim nächsten Erdbeben, dachte er.

„Was mich ärgert, ist, dass wir Leonidas vorläufig laufen lassen mussten. Hätte ich ihn am Flughafen nur erschossen. Wäre niemand aufgefallen!" Nach zwei Sekunden sagte er: „Mist! Wir brauchen sofort Maria!"

„Muss das jetzt sein? Du hängst noch am Tropf", antwortete Alex.

„Ich habe ein ganz übles Gefühl!"

Angelos wählte die Nummer der Polizei auf Mykonos.

Alex hörte dann folgenden Dialog.

„Maria? Hier Angelos!"

„Und geht es gut. Ja, Alex auch. Er ist schon wieder frech!"

„Die ganze Insel weiß davon? Na super. Dann bin ich ab sofort nicht nur schön, sondern auch noch stark. Du darfst mich von nun an Herkules nennen!"

Alex verdrehte die Augen und grinste.

„Maria, wichtig! Hast du eine Liste der Opfer? Gut. Dann lese sie mir bitte vor", sagte Angelos.

Nach zwei Minuten stöhnte er auf.

„Ich brauche die Leiche! Was?"

„Danke, Maria, reicht! Wir melden uns!"

Kurzzeitig war er still.

„Ich habe es geahnt. Stefanos ist unter den Opfern. Und er ist garantiert nicht von einem Balken erschlagen worden. Hätte ich den Alten nur erschossen! Weißt du, was das Beste ist? Er wurde gleich am nächsten Tag beerdigt. Aber damit kommt er nicht durch!", sagte Angelos entschlossen.

„Ohne konkreten Beweis wird Mantzaris keiner Exhumierung zustimmen", entgegnete Alex.

„Ich werde ihm sagen, dass es mit dem entführten Mädchen zusammenhängt!"

„Was aber eine Lüge ist", meinte Alex.

„Vielleicht auch nicht. Hoffentlich ist die Kleine nicht während des Bebens erschlagen worden. Ich darf gar nicht daran denken", sagte Angelos.

„Was meinst du mit ‚vielleicht auch nicht'? Du glaubst, Leonidas ist auch in diesem Fall der Täter? Die zwei Fälle gehören zusammen?"

„Vier, Alex. Ich bin sicher, nach Nikos hat der Alte auch den zweiten Sohn ermordet. Dann das Mädchen in der Presse und als Nummer vier die Entführung der Kleinen!"

Alex dachte nach.

„Früher hätte ich gesagt, dass das eine steile These ist. Mittlerweile glaube ich an deinen Instinkt!"

Angelos lächelte.

„Es ist nicht nur der Instinkt. Maria hat erzählt, die Spielzeuggeschäfte waren ein Treffer. Leonidas hat Mädchenpuppen gekauft. Komisch, wenn man nur Jungs hat, oder?"

Und Alex bekam den Mund nicht mehr zu.

42

Bei der Visite am nächsten Tag sagte die Schwester:

„Die Herren Nikakis möchten nach Hause. Es ist, glaube ich, alles wieder funktionstüchtig, oder, Herr Nikakis?"

Angelos grinste breit, während Alex rot wurde.

„Wie kommen Sie darauf, Schwester?", fragte der Chefarzt, worauf ihm die Krankenpflegerin etwas ins Ohr flüsterte.

„Oh!", meinte er und sah ausgerechnet Alex an, der nunmehr *knallrot* im Gesicht war.

„Na dann, das Antibiotikum müssen Sie aber bis zum Schluss nehmen", sagte der Arzt zu Angelos.

Als die Truppe gegangen war, sagte Angelos:

„Es ist einfach zu süß, wie du im Gesicht immer rot anläufst. Da ist doch nichts dabei!"

„Also mir wurde im Krankenhaus noch nie einer geblasen, geschweige denn, dass jemand dabei hereinkam", sagte Alex.

„Gut, dann ändern wir das jetzt. Und bevor du kommst, drückst du die Notklingel!"

Und schon war Angelos unter Alex´ Decke.

43

„Hallo, Richter! Du, ich habe …"

Weiter kam Angelos nicht. Er lachte.

„Natürlich darfst du Herkules zu mir sagen!"
Alex verdrehte die Augen. Die Lobpreisung
musste zukünftig um einen Begriff erweitert
werden. Aber er tat es gerne. Erstens, weil
alles stimmte. Zweitens, weil Angelos nur
kokettierte. Und drittens, weil Alex wusste,
dass Angelos´ Selbstvertrauen auf mehr als
wackligen Beinen stand. Die Vergewaltigung
hatte Spuren hinterlassen, die wohl nie ganz
verschwinden würden. Mit jedem Zeichen
der Anerkennung half Alex seinem Ehemann.

„Du, hör zu! Ich brauche eine Exhumierung!"

„Wer?"

„Stefanos Leonidas. Ich glaube nicht, dass
das Erdbeben Schuld am Tod des Kleinen
war."

„Es sind noch nicht mal alle unter der Erde,
da willst du schon wieder ausbuddeln. Und
ausgerechnet Leonidas! Der macht einen
Riesenaufstand!"

„Der bald vorbei ist, wenn er wegen
dreifachen Mordes im Gefängnis sitzt. Einen
Mord hat er bereits gestanden. Und ich

glaube, er steckt auch hinter dem Mädchen-
mord und der Entführung der 4-jährigen!"

„Du glaubst, Herkules, Beweise?"

„Eine Tonaufnahme, aber ich weiß noch
nicht, ob die noch existiert. Wenn die CD bei
dem Beben beschädigt wurde, wird es
schwierig. Aber ich muss Druck aufbauen,
damit er einen Fehler macht und wir dann
das Mädchen noch retten können. Die
Polizei hat ja die ganze Insel auf den Kopf
gestellt. Nichts. Bleibt nur Druck!"

„Hör zu, Angelos. Der Kleine ist auf dem
Grundstück der Leonidas beerdigt worden.
Du brauchst einen ganzen Trupp zum Schutz
vor Leonidas´ Schlägern."

„Kriegen wir die OPKE?"

„Und wenn du daneben liegst? Dann ist der
Teufel los!"

„Richter, dann schieb die Schuld auf mich.
Nur der Bürgermeister oder du kannst sie
anfordern!"

Die OPKE ist die Spezialeingreiftruppe des
Innenministeriums. Einzelteams von vier bis
sechs Agenten konnten für größere Razzien
eingesetzt werden.

„Das Kind ist aber mit Sicherheit nicht in der
Villa!", antwortete der Richter.

„Sicher nicht. Aber vielleicht ein Hinweis! Die CD ist bei Kostas. Alex sucht aus dem Schutt gerade das Notebook heraus. Wenn sie noch funktioniert und du das Geständnis hörst, sind wir dann im Geschäft?"

„Sind wir", sagte Richter Mantzaris.

44

„Tja, wohnen können wir hier noch nicht",
sagte Angelos. „Heißt vier Wochen Hotel.
Und das in der Hochsaison!"
Aber Alex lächelte.
„Das haben wir gleich!"
Er nahm das Handy.
„Wir gehen ins ‚Aphrodite'. Der Direktor ist
hocherfreut, uns zu beherbergen. Er war vor
zwei Jahren auch hocherfreut, als ich seinen
Sohn nicht wegen Volltrunkenheit verhaftet
habe!"
Angelos lachte und schüttelte den Kopf.
„Ohne dich wäre ich manchmal wirklich
aufgeschmissen!"
„Nur manchmal?", fragte Alex.
„Immer. Ich liebe dich!", antwortete Angelos.
„Äh, muss ich jetzt lobpreisen?" Alex grinste.
„Nein. Ich weiß auch so, dass du mich liebst.
Aber das Lobpreisen fällt nur heute aus!
Das Team kommt um 18.00 Uhr. Wir brauchen
einen Raum für die Besprechung!"
„Brauchen wir nicht. Wir haben eine Suite!"
„Gott sei Dank hast du mich nach meiner
Drogenfahrt nicht laufen lassen", sagte
Angelos.

Denn so hatten sie sich kennengelernt.
Kommissar Alex Galis wollte den Kollegen aus
Saloniki zum Drogentest bringen. Als er
Angelos sah, wusste er, dass er dies bestimmt
nicht tun würde und nahm ihn stattdessen
mit nach Hause.
Und heiratete ihn. Beide haben es noch
keinen Tag bereut.

Am Abend saßen die beiden Herren Ex-
Kommissare in ihrer höchst komfortablen
Suite mit den Agenten der OPKE. Sechs
Mann wurden ihnen bewilligt. Für die Razzia
und die anschließende Befreiung von Anna.
Wenn es denn einen Zusammenhang gab.
Allein der Puppenkauf war zu wenig.
Leonidas könnte sie auch als Geschenke für
die Tochter eines Geschäftspartners gekauft
haben. Es war nur so ein Gefühl von Angelos.

„Das Anwesen ist groß, der rechte Teil des
Gebäudes eingestürzt. Wenn er uns nicht
erwartet, ist dort bestimmt niemand. Ein
Scharfschütze muss den Turm absichern.
Leider wissen wir nicht wie viele Security
Leonidas im Haus hat."
„Also: wir sollen Sie absichern, dann kommt
der Bagger für die Exhumierung, dann die

Leiche zur Autopsie ...", sagte einer der Beamten.

„Nein. Die Leichenschau machen wir gleich vor Ort. Ich vermute eine Stichwunde. Einen Schuss hätte die Mutter gehört. Aber selbst wenn, auch eine Schussverletzung erkennen wir ohne Arzt. Danach wird das Haus abgesucht. Gibt er das Versteck der Kleinen preis, sondieren wir dort das Gelände und stürmen das Haus. Soweit der Plan, der aber – wie Sie wissen – leider nie so abläuft", sagte Angelos.

Die Agenten lachten.

„Und du bleibst im Hintergrund, weil du wegen der Brustverletzung keine Schutzweste tragen kannst", warf Alex ein.

„Äh, ja, Alex", antwortete Angelos.

Einen Teufel würde er tun, dachte Alex.

Er braucht den Thrill. Ich könnte darauf verzichten.

„Seine Leibwächter sind Ukrainer aus der Unterwelt. Rechnet bitte mit allem!", sagte Angelos.

„Ist nicht unser erster Einsatz", sagte einer der Agenten.

Aber vielleicht euer letzter, dachte Alex.

„Morgen 900 Abfahrt, Zehn Minuten Fahrzeit. Bagger kommt 920."

45

Sie hatten das Grundstück kaum betreten, als Leonidas wutentbrannt aus dem Haus herausstürmte.

„Was soll das hier? Haben Sie einen …?"

„Haben wir!", unterbrach ihn Alex.

„Und einen Beschluss zur Exhumierung Ihres Sohnes."

Leonidas war still, seine Frau kam hinzu. Der Bagger fuhr auf das Gelände. Das Grab lag links im Steingarten.

„Was ist hier los?", schrie die Frau.

„Es besteht der Verdacht, dass Ihr Mann Stefanos ermordet hat!"

„Was? Er ist unter dem Schutt begraben worden! Sein Zimmer lag im zerstörten Ostflügel!"

„Nein, genau das glauben wir nicht. Denn zum Zeitpunkt des Erdbebens war er noch bei uns", sagte Alex. „Los!"

„Sie vergessen, dass ich auch bei Ihnen war. Das beste aller Alibis", antwortete Leonidas mit gewohnter Arroganz.

„Ach, Leonidas. Der Mord fand später statt. Und der Todeszeitpunkt lässt sich ziemlich genau bestimmen", sagte Angelos, in der Hoffnung, dass dem so war.

Der Bagger hatte sein Werk schon begonnen. Der Sarg lag ziemlich dicht an der Oberfläche.

Mit seinen zwei Helfern holte Bestatter Mihalis den Sarg aus dem Loch und stellte ihn auf den Weg daneben.

„Öffnen?"

Angelos nickte. Alex würgte.

Erschlagen wurde Stefanos jedenfalls nicht. Der Schädel war unversehrt. Angelos schnitt das dunkle Shirt auf. Er fluchte. Bei einem weißen Shirt hätte man es auch so sehen können.

Es war deutlich zu erkennen.

Eine Stichwunde mitten ins Herz.

„Im Schlaf, nicht wahr, Leonidas? Da konnte er sich nicht wehren", sagte Alex.

Die Frau ging heulend zurück ins Haus.

„Und wo ist das Mädchen, Leonidas?"

„Ich weiß nicht, was Sie meinen!"

46

Sie brachten Leonidas ins Haus. In Hand-
schellen. Die Agenten durchsuchten das
Haus.

„Sucht nach Grundstücksplänen. Besitz-
urkunden, Fotos von Häusern. Alles andere
interessiert uns nicht", schrie Angelos.

„Ich sagte doch, dass ich Sie kriege,
Leonidas! Und jetzt bezahlen Sie für die
Morde an Ihren Söhnen, an Gabriella und
der Entführung von Anna. Wenn sie noch am
Leben ist!"

Leonidas sagte nichts.

Seine Frau kam wieder ins Zimmer.

„DU hast meine Söhne umgebracht? Du
elendes, gottverdammtes Schwein!"

„Ach, halt´s Maul. Du warst so blind, dass du
nicht bemerkt hast, wie abartig die beiden
waren!"

Sie lächelte.

„Ich wusste es. Ich bin nicht so dumm wie du
glaubst. Nikos hat es mir vor zwei Jahren
gestanden. Und ich habe ihnen geholfen, es
geheim zu halten! Die größte Schande für
die Familie bist du! Charakterlich ein
Schwein, ein Mörder"!

Leonidas´ Frau wurde immer lauter.

„Für wen waren die Spielzeugpuppen?",
fragte Alex.

„Welche Spielzeugpuppen?", fragte die
Frau.

„Wir glauben, dass Ihr Mann vor zehn Jahren
ein Mädchen entführt hat, weil er unbedingt
eine Tochter wollte. Sie gefangen gehalten
und dann ermordet hat, als sie nicht mehr
niedlich war. Dann hat er sich ein neues Kind
geholt, die kleine Anna!"

Die Frau schlug die Hand vor den Mund.

„Um Gottes Willen. Deswegen hat er mich
immer zum Kaufen von Mädchenkleidern
geschickt. Er sagte immer …"

„ … es seien Geschenke für die Töchter von
Geschäftspartnern", ergänzte Angelos.

„Oh Gott, die armen Mädchen", sagte sie.

„Sie müssen uns helfen. Hat Ihr Mann irgend-
wo ein anderes Häuschen oder einen
Schuppen auf der Insel?"

Leonidas grinste.

„Sie weiß nichts. Und ich schon gar nicht. Sie
sind auf dem Holzweg, Sie blöde Schwuchtel.
Genauso abartig wie meine angeblichen
Söhne!"

Angelos schlug ihm mitten ins Gesicht.

„Das kostet Sie Ihren Job!"

Angelos lachte.

„Wir sind nicht die Polizei. Und außerdem kann mein Mann bezeugen, dass die Verletzung vom Beben stammt. Sie waren ja in unserem Haus. WO IST DAS KIND?"

Keine Antwort.

Dann ergriff die Frau das Wort.

„Sag es, wo ist das Kind?"

„Ach, halt den Mund!"

Alex ahnte es eine halbe Sekunde vorher.

Zu spät.

Frau Leonidas zog eine Pistole aus ihrer Jackentasche und schoss ihrem Mann mitten ins Gesicht.

Angelos sackte auf dem Stuhl zusammen.

„Wie sollen wir jetzt das Kind finden?"

Alex klopfte ihm auf die Schultern.

„Er hat oder besser hatte das Kind. Deine Vermutung war richtig. Wir finden sie!"

Die Agenten stürmten auf den Schuss hin in das Zimmer und nahmen der Frau die Pistole ab. Sie stand noch immer wie versteinert da.

„Festnehmen?", fragte einer der Beamten.

„Nein", sagte Angelos. „Die Frau ist gestraft genug. Leonidas hat sich selbst gerichtet!"

47

„Ich habe eine Ahnung, wo das Kind sein könnte. Er hat einen Schuppen, direkt an der Ostküste. Er steht unter einer Felsklippe und ist eher eine Höhle mit kleinem Vorbau. Von oben nicht zu erkennen. Vor Jahren hatte ich ihn im Verdacht, dass er eine Geliebte hat. Jeden Samstagnachmittag ging er angeblich zum Tennis zu Papandreu. Aber dessen Frau hat sich mal verplappert. Sie wusste nichts von den Tennisspielen. Da wusste ich, dass etwas nicht stimmt. Ich bin ihm hinterhergefahren und habe in 500 m Entfernung geparkt. Als er wieder heimfuhr, nach etwa zwei Stunden, wartete ich noch zwei Stunden, aber es kam niemand. Wäre es ein Liebesnest gewesen, hätte seine Geliebte ja ebenfalls wegfahren müssen. Da er aber kurz darauf mir erklärte, er habe eine Gespielin und es gehe mich nichts an, war es nicht mehr wichtig, ihm zu folgen. Ich war ohnehin nur noch Luft für ihn. Mein Gott, wenn ich nur zu der Höhle gefahren wäre und hineingesehen hätte, könnte das erste Mädchen noch leben. Ich dumme Kuh!"

„Machen Sie sich keine Vorwürfe. Ihr Mann war der Mörder und Entführer, nicht Sie!

„Ich habe Mitleid mit ihr", sagte Alex leise zu Angelos.

„Keine Zeit! Wo ist diese Höhle oder Schuppen?"

48

Anna verstand nicht, was passierte.

Sie starb. Aber ein vierjähriges Kind merkt nur, dass es Hunger und Durst hat. Und beides bereitete ihr Schmerzen.

Sie lag auf dem Boden, im Dreck. Ihr neuer Papa war nicht gekommen. Tage konnte sie nicht zählen, aber es war eine Ewigkeit.

Wahrscheinlich war auch er gestorben.

Wie ihr erster Papa. Und Mama.

Trotz ihres Alters begriff sie, dass niemand mehr da sein würde.

Sie weinte.

Sie hatte solchen Hunger und die Kehle war vollkommen ausgetrocknet.

Nur vage registrierte sie, als plötzlich die Türe aufflog und Männer in Schwarz in das Haus stürmten.

„Sie lebt!", schrie einer der Männer.

Angelos kam ins Haus und ging zu Anna.

„Es wird alles gut. Gleich kommen Mama und Papa!"

„Welcher Papa?", fragte das Kind.

„Der erste, der, der lieb zu dir war. Wasser, bringt mir Wasser. Das Schwein hat ihr nichts gebracht."

Alex und Angelos fielen sich draußen in die Arme.

„Und jetzt kommt der schönste Anruf des Jahres. Rufen wir Pia und Aris an!"

„Zwei Männer oder Jungs, die wegen ihrer Liebe sterben mussten. Immer noch kaum zu fassen", sagte Angelos abends im Bett ihrer Suite. „Da haben wir richtig Glück!"
„Davon hatten wir die letzte Woche reichlich", antwortete Alex. „Vor allem ich."
„Hör auf. Du hättest …", begann Angelos.
„ …ich hätte, du hast. Das ist der Unterscheid.
„Es steht also nur noch 2-1 für dich in Sachen Lebensretter?", fragte Angelos.
„Es steht 2-2. Wegen der erschwerten Bedingungen", sagte Alex grinsend.
„Dafür bekommt der Punktrichter jetzt ein dickes Dankeschön!"
In dieser Nacht merkte Alex, wie froh Angelos war, dass er, Alex, noch lebte. Es war eine Mischung aus Zärtlichkeit und Leidenschaft, die nur echter Liebe entspringen kann.
Leise flüsterte ihm Angelos ins Ohr:
„Ist mein Alex glücklich?"
„So glücklich wie am ersten Tag!"

Irini wachte auf. Sehen konnte sie noch nicht klar. Alles war verschwommen und ihr Kopf dröhnte. Sie fühlte sich elend.

Als die Bilder klarer wurden, erkannte sie, dass sie sich wohl in einem Krankenhaus befinden musste. Es standen zahlreiche Geräte im Raum. An der Wand hingen Kästen mit Medikamenten.

Komisch. Sie konnte sich an keinen Unfall erinnern. Und auch sonst an nichts.

Über ihr hingen riesige Lampen, die ausgeschaltet waren. Sie sahen aus wie … sie überlegte … OP-Lampen. Ja. Richtig.

Aber wieso lag sie in einem OP-Saal? Ihr war doch nichts passiert.

Irini versuchte, sich zu erinnern.

Sie hatte sich abends umgezogen, um in den Beachclub zu gehen. Nach Panormos. Aber dort war vor 1.00 Uhr nie etwas los, also ging sie zunächst ins Bonbonniere in der Altstadt. Dort traf sie zwei Freundinnen. Und sie verplapperten sich. Es muss weit nach 1.00 Uhr gewesen sein, bis sie in Panormos angekommen waren.

Nach dem ersten Cocktail musste sie auf die Toilette. Ihr war ein wenig schlecht. Vielleicht war etwas in dem Cocktail.

Langsam wurde alles klarer.

Sie beunruhigte, dass sie sich nicht bewegen konnte.

Hände und Beine waren gefesselt. Aber das konnte sie nicht sehen, denn ihr Kopf war fixiert.

Nun bekam sie Panik. Aber alles Ziehen und Rütteln half nichts. Sie schrie um Hilfe. Aber Es kam niemand.

Sie versuchte sich zu beruhigen. In einer Klinik hilft man den Menschen. Vielleicht hatte sie eine akute Krankheit, aber ihr fiel keine ein. Sie war bis dato kerngesund. Sie war ja auch erst 19.

Hilfe! Wenn nur Papa da wäre. Oder Angelos und Alex. Mitunter arbeitete sie in deren Bar. Irini mochte ihren Job dort. Viele junge Menschen, die meisten gay, aber das war in Ordnung. Wenigstens keine blöde Anmache. Und sie verdiente gutes Geld, von dem sie sich immer die angesagteste Kleidung kaufen konnte. Sie mochte Alex und Angelos, ihre Chefs. Cool, lässig und unsterblich ineinander verliebt.

Erneut versuchte sie, sich zu befreien.

Sie zog an ihren Armen. Aber nichts. Den Kopf konnte sie keinen Millimeter bewegen. Dann ging die Türe auf.

Drei Personen in grüner Kleidung betraten den Raum.

Oh Gott. Sie muss operiert werden.

„Wo bin ich? Warum bin ich gefesselt?", schrie sie in Panik.

Doch die Gestalten antworteten ihr nicht. Dann wurde ihr Mund aufgerissen und ein Schlauch eingeführt.

Paul Katsitis – Die Bestie von Mykonos

Zwei Kriminalbeamte, Alexandros und Angelos, quittieren den Dienst und eröffnen gemeinsam auf Mykonos eine Bar. Nebenher betreiben sie eine kleine Privat-Detektei. Da die Polizei chronisch unterbesetzt ist, werden Alex und Angelos – wegen ihrer Erfahrung - regelmäßig hinzugezogen.
Mykonos ist in Aufruhr. Offensichtlich foltert, vergewaltigt und tötet ein Mann junge Touristen. Um ihn zu stellen, bleibt nichts anderes übrig, als dass Angelos den Lockvogel spielt – mit furchtbaren Konsequenzen ...

Paul Katsitis – Rache

Im Kloster Ano Mera auf Mykonos wird ein Priester tot aufgefunden, dessen Leiche übel zugerichtet ist. Es sieht nach einem Rachemord aus – doch wofür?

Paul Katsitis – Der-Drei-Sterne-Mord

Im besten Restaurant der Insel wird der Chefkoch, ehemals Leibkoch Gaddafis, mit durchschnittener Kehle aufgefunden. Ein schwieriger Fall für Alex und Angelos, zumal die eigene Familie mit beteiligt ist. Der Fall erfährt eine erstaunliche Wendung, als die beiden Ermittler erfahren, dass der britische Außenminister Mykonos besucht – auf dem Landsitz des griechischen Premierministers.

Paul Katsitis - Tattoo

Zwei Highlights stehen auf dem Programm des Wochenendes: ein hochdotiertes Beachvolleyball-Turnier und die Eröffnung der ersten Spielbank auf der Insel.
Nicht ins Programm passen zwei Tote: ein 19-jähriger Junge und einer der Beachvolleyballspieler. An dessen „natürlichem Tod" haben die Ermittler Alex und Angelos so ihre Zwei

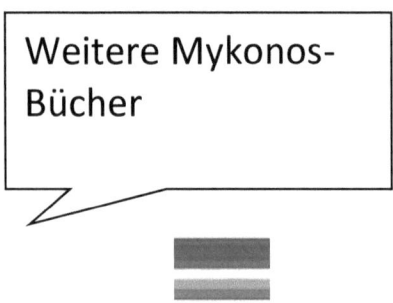

MYKONOS LOVE STORY 1
Von Michael Markaris

Die brennende Gestalt taumelte und fiel mit einem Zischen zu Boden. Ein letztes Stöhnen und es war vorbei. Kommissar Paul Pandis steht vor einem Rätsel. Ein gewöhnlicher Buschbrand entpuppt sich als Doppelmord.
Doch Pandis hat noch ein Problem:
Er hat sich verliebt. In seinen Kollegen Angelos. Ein Coming-Out mit 53!
Sein Leben wird zur Achterbahn, aber auch zur glücklichsten Zeit seines Lebens.

MYKONOS LOVE STORY 2
Das Goldene Ei

High Society wie die Kunstwelt blicken nach Mykonos.
Ein bisher verschollen geglaubtes Zaren-Ei soll auf der
Insel ausgestellt werden.
Ein Sicherheits-Alptraum für Kommissar Paul Pandis.
Dennoch: zumindest keine Mordermittlung.
Zunächst.
Dann wird auf einer Yacht eine weibliche Leiche
gefunden.
Es ist Pandis´ Ex-Frau.
Und die war zuvor wenig begeistert davon, dass
Pandis nun mit einem Mann verheiratet ist.

MYKONOS LOVE STORY 3
Morgenröte über Mykonos

Er lag mit dem Rücken auf etwas und war gefesselt.
Was war hier los?
Ich bin doch nur ein Tourist?
Es muss ein Missverständnis sein.
Er konnte sich nur an einen Schlag erinnern.
Dann das große Nichts. Er hörte Schritte.

Chrysi Avgi, es lebe die Goldene Morgenröte!"
Dann hielt einer der Männer seinen Kopf hoch.
Der Andere rammte ihm zwei dünne, orthodoxe
Gebetskerzen in die Nase.

Kommissar Pandis und die ganze Insel sind fassungslos
angesichts zweier brutaler Morde. Die Spur führt ihn zur
„Goldenen Morgenröte", einer rechten Splitterpartei.
Und für Pandis und seinen jungen Ehemann Angelos
wird es richtig gefährlich, denn als Schwule sind sie
das „Hassobjekt No.1!"

MYKONOS LOVE STORY 4
Mykonos Speed

Gas Gas, Gas!
Der Motor röhrte.
Die Reifen qualmten.
Dann bekamen sie Grip.

Der Ferrari wurde immer schneller.
Passierte das Ortsschild.
Vor ihm der große Kreisverkehr.

Pedal, kein Druck, Erstaunen.
Pedal, kein Druck, Panik.
Dann flog er über das Geländer und krachte in das
Denkmal.
8 Min 42 Sekunden von Ano Mera.
Das war neuer Rekord. Es war sein letzter.

Kommissar Paul Pandis und Ehemann Angelos halten es zunächst für einen Verkehrsunfall. Das Unangenehme: Das Opfer ist der Sohn des Bürgermeisters. Doch der Wagen war gestohlen. Und es Ist beileibe nicht der erste verschwundene Ferrari auf der Luxus-Insel.

Und eine weitere schwere Prüfung steht Pandis bevor: Angelos´ Eltern kommen zu Besuch.

MYKONOS LOVE STORY 5
Rape

Angelos ertappt Paul bei einem vermeintlichen Seitensprung – ausgerechnet mit seinem Bruder Christos – und verlässt Paul.
Als sich herausstellt, dass sie Opfer einer Intrige wurden, wird Angelos´ Bruder tot aufgefunden.

Und Angelos wird als mutmaßlicher Mörder verhaftet. Ein sehr persönlicher Fall für Kommissar Paul Markaris, (früher Pandis), in dessen Verlauf er selber zum Opfer wird – einer Vergewaltigung.

MYKONOS LOVE STORY 6
Der rosa Leopard

Die beiden schwulen Ermittler Alex und Angelos nehmen die ersten Anzeichen nicht ernst. Doch als immer mehr Partygäste auf Mykonos Opfer einer neuen Superdroge werden, kommen sie den Händlern schnell auf die Spur. Problem: Es sind Libyer von unvorstellbarer Brutalität.

Zuvor muss das Ehepaar Markaris noch eine weit schlimmere Klippe meistern: nach einem Einsatz in Athen - bei einer Geiselnahme -begeht Angelos einen Seitensprung – mit einer Frau. Das große Glück scheint vorbei.

MYKONOS LOVE STORY 7

Fortsetzung des „Rosa Leoparden"

RÜCKKEHR DER LEOPARDEN

Noch immer sind Paul und Angelos, die beiden schwulen Ermittler aus Mykonos, hinter den libyschen Drogenhändlern her, die die Insel mit einer neuen Substanz überschwemmen. Und mit Folterdrohungen ganz Mykonos in Angst und Schrecken versetzen.

Doch dann wird Angelos entführt und gefoltert.

Als sich Paul auf die Suche begeben will, geschieht auf Mykonos ein Mord auf einem Kreuzfahrtschiff.
Was hat Priorität für Kommissar Markaris?
Natürlich sein Mann …

MYKONOS LOVE STORY 8
Crash – Absturz!

Beim Landeanflug auf Mykonos zerschellt ein Airbus. Ein Horror für Kommissar Paul Markaris und seinen Ehemann Angelos, denn wie sollen zwei Ermittler und drei Inselpolizisten eine solche Katastrophe bewältigen? Zumal im Laufe der Untersuchungen klar wird: es war kein Unfall.

Auch privat geht es bei den beiden turbulent zu: Angelos stürzt – Verdacht auf Schädel-Hirn-Trauma.

MYKONOS LOVE STORY 9
Der tote Pelikan

Auf Mykonos ist man entsetzt: das Maskottchen der Insel – der Pelikan Petros – wurde massakriert. Als Paul und Angelos, die beiden schwulen Ermittler, den Täter aufspüren, hat dieser sich schon erhängt. Es ist der 17-

jährige Enkel des örtlichen Richters, der kurz zuvor Angelos seine Liebe gestand.

Als hätte Paul damit nicht schon genug am Hals: er hat auch noch Geburtstag und wird 54. Aber sein Ehemann, 28, zieht alle Register, um es keinen Trauertag werden zu lassen.

MYKONOS LOVE STORY 10
Photià-Feuer

Vor einem Beachclub findet man den Kopf des Friedhofsgärtners von Mykonos.

Leicht zu transportieren, denkt Kommissar Paul Markaris. Andererseits: wenig zu obduzieren.

Und dieser Mord kommt Markaris äußerst ungelegen. Denn zwei Tage, nachdem er und sein Mann Angelos in ihr gemeinsames Haus eingezogen waren, brannte es ab. Angelos wäre beinahe ums Leben gekommen. Und: es war Brandstiftung!

MYKONOS LOVE STORY 11
Der tote Archäologe

Paul und Angelos verschlägt es bei diesem Fall auf die historische Nachbarinsel Delos. Dort wird ein Archäologe erschlagen aufgefunden. Doch was ist der Grund dafür? Ein spektakulärer Fund? Als sich die Ermittler an die Täter herantasten, wird auch noch Angelos´ Mutter entführt.

JENSEITS VON
MYKONOS

von Sven M. Schlick

Es war vorbei.
Seine Füße begannen zu versagen.

Immer wieder Wasser. Salzwasser. Es rann die
Speiseröhre hinunter und brannte im Magen.
Sehen konnte er auch nicht mehr viel. Das
Salz brannte auch in den Augen.
Er merkte, dass er immer öfter unterging.
Wer hat mich verraten? WER?
Dann kam die Erkenntnis: Es ist egal. Denn Du
bist tot.

Kommissar Paul Pandis steht ratlos in einer
Kunstgalerie.
Auf einer Skulptur, einem blauen Stier, hängt
eine Leiche, der Galeriebesitzer.

Hinweise

OPKE ist die Spezialeinheit des griechischen Innenministeriums

CHORA entspricht dem deutschen „Altstadt", gemeint ist Mykonos-Stadt